중학 생활 날개 달기 ❶

차라리 결석을 할까?

중학 생활 날개 달기 ❶

차라리 결석을 할까?

초판 1쇄 발행 2020년 7월 29일
개정판 1쇄 발행 2024년 5월 17일

지은이 이명랑
그림 뻑새(김수현)
펴낸이 이범상
펴낸곳 (주)비전비엔피 · 애플북스

기획 편집 차재호 김승희 김혜경 한윤지 박성아 신은정
디자인 김혜림 최원영 이민선
마케팅 이성호 이병준 문세희
전자책 김성화 김희정 안상희 김낙기
관리 이다정

주소 우) 04034 서울특별시 마포구 잔다리로7길 12 (서교동)
전화 02) 338-2411 | 팩스 02) 338-2413
홈페이지 www.visionbp.co.kr
인스타그램 www.instagram.com/visioncorea
포스트 post.naver.com/visioncorea
이메일 visioncorea@naver.com
원고투고 editor@visionbp.co.kr

등록번호 제313-2007-000012호

ISBN 979-11-92641-31-7 04810

중학 생활 날개달기 ❶

이명랑

청소년 소설

차라리 결석을 할까?

《차라리 결석을 할까?》 개정판을 출간하며

2020년 7월, 처음 세상에 나온《차라리 결석을 할까?》는 〈중학 생활 날개 달기〉 시리즈의 제1권이었습니다. 시리즈의 첫 권으로서 그 첫 출발을 정말 멋지게 해주었고, 많은 사랑을 받았습니다.

"아이들의 마음을 너무나도 잘 표현해낸 책이다!"
"순정만화보다 재밌다!"
"첫 장만 읽고 자야지 했는데 다 읽어버렸다!"
"아직 중학교 생활이 어떤지는 전혀 알 수 없는 우리 초등학생 자녀들에게 유익한 책이다!"
"한 편의 학원물 드라마 같은 책이다! 뒤이어 나올 다른 이야기들도 벌써부터 궁금하다!"

　많은 독자분들이 이 책을 읽고 리뷰와 메일을 보내주셨습니다. 작가로서 정말 기쁘고 힘이 났습니다. 처음 이 시리즈를 기획하고 집필하기 시작했을 때, 가장 큰 걱정은 "내가 과연 끝까지 쓸 수 있을까?"라는 두려움이었기 때문이죠. 그러나 독자분들의 사랑과 응원이 있어 계속 쓸 수 있었습니다. 독자분들께 진심으로 감사드립니다.

　〈중학 생활 날개 달기〉 시리즈의 제1권인 《차라리 결석을 할까?》가 출간된 지 벌써 4년이 되었네요. 4년 전 이제 막 중학생이 되면서 이 책을 읽었을 친구들은 이제는 고등학생이 되어 있을 거예요. 처음 중학교에 입학했을 때의 그 두려움과 막막함을 설렘과 익숙함으로 바꾸며 미래로 나아갔을 테지요. 한껏 성장해나갔을 우리 친구들처럼 저도 〈중학 생활 날개 달기〉 시리즈의 주인공들과 함께 성장할 수 있었습니다.

《차라리 결석을 할까?》에서 현정이가 미처 발견하지 못했던 것들, 태양이가 미처 말하지 못했던 것들, 그리고 이렇게 표현했으면 더 좋았을 텐데, 라는 작가로서의 아쉬움들을 2권, 3권, 4권……《차라리 결석을 할까?》의 다음 권들을 집필하면서 채워나갔습니다. 그 시간 속에서 저도 함께 성장할 수 있었습니다.

그래도 여전히, 앞으로도 저는 계속해서 우리 청소년 친구들과 함께 성장하고 싶어요. 우리가 함께 소통할 수 있는 이야기, 함께 성장할 수 있는 이야기를 계속 쓸게요. 더 유익하고 더 재미있고 더 신나는 이야기로 우리 청소년 친구들을 찾아갈 수 있도록 저는 오늘도 행복하게! 기쁘게! 글을 쓰겠습니다.

2024년, 이명랑

프롤로그

중학 생활을 시작하는 친구들에게

이제는 대학생이 된 두 아이의 엄마이자 소설가 이명랑입니다.

제 아이들이 초등학교에서 중학교로 올라갈 무렵이었어요. 중학생이 된다고 하니, 아이들은 많이 불안해하기 시작했지요. 엄마는 처음이라 저 역시 마찬가지였어요.

특히 딸아이의 걱정이 심했답니다.

"엄마! ○○여중은 왜 하필 교복이 초록색이야? 내가 ○○여중에 간다니까 우리 반 애들이 뭐라는 줄 알아? 배춧잎이래, 배춧잎! ○○여중 교복이 초록색이라서. 짜증나, 진짜! 게다가 ○○여중은 왜 산꼭대기에 있고 난리야? ○○여중 삼 년 다니면 허벅지가 말벅지가 된

대. 학교에 가는 게 아니라 등산하러 가는 거라나 뭐라
나. 엄마! 우리 이사 가면 안 돼? 나, 진짜 ○○여중 가기
싫다구!"

딸아이의 걱정은 하늘을 찔렀습니다. 아직 중학교에
들어간 것도 아닌데 미리 걱정부터 하는 것이었어요.
풍문으로 떠도는 ○○여중에 대한 이야기에 아이는 겁
부터 잔뜩 집어먹었던 거죠. 아마도 초등학교 때 친했
던 친구들과의 헤어짐, 중학교 때부터는 공부를 열심히
해야 한다는 부담감, 무엇인지 모를 막연한 미래에 대
한 걱정…… 초등학교 때와는 확연히 달라질 중학교 생
활 때문에 아이들은 고민이 참 많았던 것 같아요.

혹시 우리 친구들도 그렇지 않은가요?

오랜 시간 청소년 소설을 쓰면서 저는 정말 많은 청
소년을 만났습니다. 학교에서, 도서관에서, 거리에서,
수많은 청소년과 만나 대화를 나누고 함께 웃고 떠들
고 울었습니다. 그러다 어느 날부터인가 '초등학교 생
활과 중학교 생활의 가장 큰 차이가 뭘까?'라는 주제로

설문을 하게 됐죠. 많은 아이들이 낯선 학교, 낯선 친구들, 낯선 교실 환경, 매시간 선생님이 달라지는 것에 대해 큰 부담감을 가지고 있었어요. 제 아이들이 그랬던 것처럼 말이죠. 그런데 예비 중학생을 위한 책은 대부분 국, 영, 수 등 교과 성적이나 선행학습의 길잡이가 되는 것들뿐이지 중학교 실생활에 도움을 줄 수 있는 책은 찾아보기 힘들었어요.

이제 막 중학교에 올라가는 친구들이나 이미 중학교 생활을 하고 있는 친구들 혹은 중학생이 된 자녀를 조금 더 잘 이해하고 도와주고 싶은 부모들을 위해 내가 할 수 있는 일은 없을까? 우리와 같은 고민하는 이들에게 나와 내 자녀의 경험을 나눠줄 수는 없을까?

그렇게 시작된 물음표에서부터 〈중학 생활 날개 달기〉 시리즈는 시작되었답니다. 〈중학 생활 날개 달기〉 시리즈에서는 주인공인 현정이와 태양이가 중학생이 되어 낯선 중학교 생활을 해나가면서 친구를 사귀고, 수행평가를 비롯해 중간고사와 기말고사와 같은 시험을 치러내

고, 꿈을 찾고, 첫사랑을 통해 '나다운 나'를 깨닫고, 혼자
가 아닌 '우리가 함께 하는 삶'에 이르기까지의 과정을
그려냈습니다. 현정이와 태양이의 일 년간 중학 생활 고
군분투기 속에 지금까지 제가 만났던 청소년 친구들의
불만과 고민, 소망들을 고스란히 전할 수 있기를 바라며
저 역시 소설 속에 '이명랑'이라는 인물로 등장하여 함께
웃고 울었습니다.

〈중학 생활 날개 달기〉 시리즈의 제1권인《차라리 결
석을 할까?》의 주인공인 현정이는 우리 친구들과 똑같
은 환경에서 똑같은 고민을 하고 있어요. 우리 친구들
처럼 이제 막 중학생이 되어 낯선 생활을 시작하게 됐
죠. 현정이 역시 우리 친구들처럼 낯선 학교, 낯선 친구
들, 낯선 교실, 매시간 선생님이 달라지는 상황에서 예
측하지 못한 변화에 불안해하고 있어요.

초등학교 때와는 달라도 너무 다른 중학교 생활에서
현정이가 과연 잘 적응할 수 있을까요? 학교에 가지 말
고 '차라리 결석을 할까?' 고민하는 현정이가 어떻게 불

안감과 부담감을 극복해 나가는지 함께 지켜보다 보면, 비슷한 상황의 여러분 역시 낯선 중학교 생활에서 잘 적응할 수 있을 거라고 생각해요.

자, 그럼 이제 〈중학 생활 날개 달기〉 시리즈 속으로, 이제 막 중학 생활을 시작한 현정이와 친구들을 만나러 가볼까요?

2020년 여름의 시작에서
작가가 된 이명랑이
중학 생활을 시작하는 친구들에게

차례

제1장 **첫째 날**

말도 안 돼!!! 하필이면 왜 오늘?

나도 모르게 머리를 쥐어뜯었다. 아랫배에서 전해져 오는 묵직한 통증이 오늘 하루가 어떨지 생생하게 알려 줬다.

왜 하필이면 오늘 생리가 터진 거냐고!

오늘은 체육 수업이 있는 날이다. 그것도 중학교에 올라와 첫 운동장 수업! 다른 수업은 어떻게든 참아 본다지만 체육은? 체육 선생님을 떠올리자마자 한숨부터 나왔다. 우리 학교 체육 선생님은 완전 꽉 막힌 아저

씨다. 지난주 첫 체육 수업 시간에 "하면 된다! 아이 캔 두 잇(I can do it)!"을 수십 번 외친 것만 봐도 알 수 있다. 뭐든 '하면 된다!'고 생각하는 어른이랑 말해 봤자 뻔하다. 할 수 없는 이유, 하지 못하는 이유는 뭐든 핑계일 뿐이다.

그래도 생리통이라고 말하면 봐주지 않을까?

정말? 윤현정 너, 정말 그렇게 생각하니? 네가 생리통이라고 말하면, 체육 선생님이 "그래, 참 안 됐구나. 얼마나 통증이 심하면 이렇게 찾아와서 털어놓겠니? 그럼 오늘은 양호실에 가서 누워 있어라." 뭐 이렇게 말할 것 같니? 정말 그렇게 생각하는 거야? 생리통이라고 말해봤자 "하면 된다! 유 캔 두 잇(You can do it)!"을 외칠걸? 교무실이 떠나가라 말이지.

으으으, 생각만 해도 끔찍하다. 솔직히 자신 없다. 체육 수업 시작 전에 교무실로 내려가서 체육 선생님께 생리통이라고 말하는 것 자체가 내게는 고문이다. 불가능이다.

어휴. 이럴 때 나 대신 말해 줄 수 있는 친구가 있으면 얼마나 좋을까? 초등학교 때 친했던 친구들은 모두 보람중학교인데, 왜 나만 나무중학교로 오게 됐는지…….
모든 게 싫다. 이럴 때 전화로 얘기할 수 있는 친구조차 아직 사귀지 못한 내 자신이 한심하기만 하다. "중학교에 올라온 지 벌써 일주일이나 지났는데?"라고 누가 물으면, 나도 할 말은 있다. 우리 반 아이들 대부분은 같은 초등학교에서 올라와 예전부터 알던 사이인데 나만 다른 초등학교에서 와 이미 끼리끼리 노는 무리 중에 끼어들기가 쉽지 않다.

침대에 누운 채 초등학교 때 친구들을 떠올렸다. 초등학교 때는 생리통이 심할 때마다 나 대신 담임 선생님께 말해 줄 수 있는 친구들이 여럿 있었다. 물론 중학교에 올라온 지 겨우 일주일밖에 안 됐다지만 지금 상태로 봐서는 앞으로도 그렇게 해 줄 친구는 없을 것 같다.

초등학교 때 친한 친구들은 대부분 집 근처 보람중학교로 배정받았다. 그런데 나는? 왜 나만 멀리 떨어진 나

무중학교로 오게 된 거냐고!!!

나는 외동딸인데다 아빠, 엄마 두 분 모두 직장생활을 하시기 때문에 어려서부터 혼자 보내는 시간이 많았다. 게다가 낯도 심하게 가리는 편이라 친구 사귀기가 쉽지 않다. 다행히 같은 아파트에 사는 연정이랑 유치원 때부터 쭉 같은 피아노 학원을 다니고 초등학교도 같이 다녀서 그럭저럭 외롭지 않게 지낼 수 있었다. 성격이 쾌활한 연정이랑 같이 다니면서 자연스럽게 연정이 친구들과도 친구가 될 수 있었다. 그런데 연정이마저 보람중학교로 가 버리다니!

초등학교 때가 떠오르자 눈앞이 흐려지기 시작했다. 절친인 연정이며, 같이 몰려 다녔던 친구들 얼굴이 하나둘 떠올랐다. 나도 모르게 눈물이 났다.

이럴 때 전화를 걸어 얘기할 친구 하나 없다니!

게다가 이 지긋지긋한 생리통!

어차피 학교에 가 봤자 지옥일 텐데⋯⋯차라리 결석을 할까?

*

    1교시는 도덕 시간이었다. 수업이 시작되자마자 후회가 밀려왔다. 잠깐의 쪽팔림이 한 시간을 결정짓는 거라면, 나는 잠깐 쪽팔렸어야 했다. 어쩌자고 견디는 쪽을 택했던 걸까⋯⋯도덕 선생님이 이야기하는 내내 식은땀이 흘렀다. 1교시 시작 전에는 허리만 아팠는데 이제 통증이 점점 심해져 허벅지까지 내려왔다.

    지금이라도 손을 들까?

    살짝 앞으로 나가서 양호실에 간다고 말할까?

    내 마음을 아는지 모르는지, 도덕 선생님은 잠시도 쉬지 않고 수업을 이어나갔다.

    "세상 사람의 절반은 여자야. 그럼 나머지 절반은? 맞아. 남자란다. 싫든 좋든, 아무튼 죽을 때까지 남자는 여자와, 여자는 남자와 어울려 살아야 되잖아? 그런데 남자와 여자는 달라도 너무 달라. 너무 다르다 보니, 서로 오해하는 경우도 많잖아?"

"크크크. 달라도 너무 다르대."

옆자리에 앉은 이태양이 내 옆구리를 쿡 찔렀다. 능글맞게 웃으며 들릴 듯 말 듯 목소리를 낮춰 "너랑 나랑 뭐가 그렇게 다를까? 엉? 엉?" 헛소리를 했다. 나는 아랫배를 움켜쥔 채 이태양을 째려봤다.

'너, 정말 제정신인 거 맞니?'라고 묻고 싶었다. 아무 말 없이 내가 째려만 보니까, 이태양은 장난치는 줄로만 아는지 또 다시 내 옆구리를 쿡쿡 찔러 댔다. "남자인 나랑 여자인 너랑 뭐가 그렇게 다를까? 엉? 엉? 엉?" 하며 왼쪽 눈을 찡긋거렸다. 뭐야? 지금 나한테 윙크한 거야? 설마, 윙크는 아니겠지? 이태양, 이 녀석 지금 나하고 뭐 하자는 거지?

"야! 너랑 나랑 다른 게 뭐냐니까? 엉?"

이태양이 또 내 옆구리를 찔렀다. 가뜩이나 아파 죽겠는데 옆구리까지 찔러 대다니! 마음 같아서는 이태양을 걸어차 주고 싶었다.

그러나 이태양이 누군가? 입학 첫날부터 노랗게 염

색한 머리 때문에 계속해서 학생부실에 불려 다니는 애였다. 들리는 소문으로는 초등학교 때 일진이었다는데……노랗게 염색한 머리에 꼭 달라붙게 줄인 교복 바지, 나라면 절대로 선택하지 않을 징 박힌 빨간 가방, 등하교 때 타고 다니는 보드까지, 어느 모로 보나 '좀 노는 애'인 것만은 인정하지 않을 수 없다.

일진인지 아닌지는 모르겠지만 아무튼 튀지 못해 안달이 난 녀석임은 분명하다. 교복 상의 소매 끝으로 가끔씩 팔찌도 눈에 띄는데, 평범한 중학생이 은색구슬이 달린 팔찌를 차고 다니다니!

"너 혹시 뭐 부끄러운 거 상상하는 중이냐? 크크크. 너랑 나랑 다른 게 뭐냐니까? 엉?"

이태양은 계속 실실거렸다. 대체 이 녀석의 머릿속엔 뭐가 들어 있는 걸까? 마음 같아서는 '야! 너랑 나랑 뭐가 다르냐고? 그걸 몰라서 묻냐! 나는 생리를 하고, 너는 생리를 안 한다는 엄청난 차이가 있잖아! 야! 남은 아파 죽겠는데 너는 뭐가 좋다고 자꾸 실실거리냐고!

엉!'이라고 소리치며 뺨을 올려붙이고 싶었다.

그러나 마음과는 달리 내가 할 수 있는 일이라곤 아랫배를 움켜쥔 채 그저 책상만 내려다보는 것뿐이었다. 혹시라도 입을 열었다가는 나도 모르게 이태양한테 진짜 화를 낼 것 같았으니까.

"야! 윤현정, 넌 사람 말이 말 같지 않냐?"

내가 아무 대꾸도 하지 않자 이태양이 인상을 썼다. 양팔에 소름이 돋았다. 어쩌지? 나, 이 녀석에게 찍힌 건가? 순간, 허리가 끊어질 듯 아파 왔다. 너무 아파 숨 쉬기조차 어려웠다.

"너희들 모두 중학교에 올라온 지 얼마 되지 않아 반 친구들이 아직은 낯설 거야. 자, 그래서 이번에는 도덕 수행 평가를 할게. 각자 자기 짝이랑 잘 상의해서 멋지게 만들어 보렴."

그러니까 도덕 선생님의 말은, 이태양 이 녀석이랑 내가 한 조가 되어 수행 평가를 해야 된단 뜻이었다.

나는 이태양을 바라봤다. 이태양은 내가 무슨 말인가

를 하기를 기다리며 여전히 잔뜩 인상을 쓰고 있었다.

오, 마이 갓!

우욱.

갑자기 속이 울렁거리기 시작했다. 토할 것만 같았다.

*

쉬는 시간을 알리는 종이 울렸다. 나는 입을 틀어막고 화장실로 달려갔다. 등 뒤에서 이태양이 "야! 윤현정!" 하고 큰 소리로 내 이름을 불렀다. 분명 화가 난 목소리였지만 나는 뒤돌아볼 수 없었다. 너무 급해 뒷일은 생각할 수조차 없었다.

우욱.

나는 화장실 안쪽으로 뛰어 들어갔다. 변기 앞에 쪼그려 앉아 우욱, 우욱, 구역질을 해댔다. 아침부터 아무것도 먹은 게 없어서 물만 토했다.

간신히 정신을 차리고 보니, 목덜미까지 땀으로 젖어

있었다.

생리하면서 이렇게까지 아픈 적은 없었는데…….

어쩌지?

이제 곧 2교시가 시작된다고 생각하니, 도저히 자신이 없었다. 앞으로 1시간 동안이나 교실에 앉아 있어야된다니, 생각만 해도 끔찍했다.

휴우.

화장실에서 교실로 걸어가는 내내 한숨이 새어나왔다. 아무래도 선생님께 양호실에 간다고 말해야겠다. 2교시가 뭐였더라? 사회였지. 그런데 사회 선생님이 눈치 없이 양호실에는 왜 가느냐고 물으면 어떻게 하지? 순간, 이태양의 능글맞은 얼굴이 떠올랐다. 남자인 나랑 여자인 너랑 뭐가 그렇게 다르냐며 왼쪽 눈을 찡긋거리던 이태양을 생각하자마자 정신이 번쩍 들었다. 도저히 그런 녀석 앞에서 '생리통'이라는 단어는 꺼낼 수 없었다.

"그래도 이번 주 수요일엔 돈가스가 나오는데?"

"이거 봐. 다음 주엔 오므라이스에 푸딩까지!"

교실로 들어갔더니, 미애 자리에 여자애들이 몰려 있었다. 여자애들은 미애가 책상에 올려놓은 급식 식단표에 형광펜으로 밑줄을 그을 때마다 돈가스! 오므라이스! 소리를 질러댔다. 그때마다 남자애들도 스파게티! 짜장밥! 덩달아 소리를 질러댔다. 나만 빼고 모두들 어쩜 그렇게 즐거운지…….

나는 미애 자리를 지나쳐 내 자리로 걸어갔다.

"현정아! 너는 뭐 좋아하는 거 없니? 너도 이리 와서 밑줄 쳐!"

미애 자리 앞에 앉아 있던 명랑이가 내 이름을 불렀다. 아주 잠깐이지만 미애 주위에 몰려 있던 여자애들이 나를 쳐다봤다. 어쩌면 지금이야말로 미애 무리에 낄 수 있는 기회다!

나는 엉거주춤 자리에서 일어났다. 순간, 묵직한 통증이 허리를 강타했다. 나는 움찔하며 책상을 붙잡았지만 다리에 힘이 풀리고 말았다. 털퍼덕, 다시 자리에 주저앉아 버렸다. 명랑이가 괜찮냐는 눈빛으로 나를 건너다보고 있었다.

생리통이 너무 심하다고 말할까?

아주 잠깐, 그런 생각을 했지만 나는 곧 고개를 저었다. 지금 명랑이에게 생리통이 심하다는 말을 해봤자 거리가 멀어 잘 들리지도 않을 테니까. 명랑이에게 들릴 정도로 얘기했다가는 반 아이들 모두 내가 지금 생리를 한다는 사실을 알게 될 테니까.

"좀 있으면 수업 시작이잖아! 난 그냥 내 자리에 있을게."

나는 명랑이에게 간신히 미소를 지어 보이고는 그대로 책상에 엎드려 버렸다.

그러나저러나 2교시는 어떻게 버티지? 수업 시작하자마자 앞으로 나가서 말할까? 자리에 앉아서 손을 들까? 2교시는 어떻게든 넘어간다고 해도……3교시엔? 4교시엔?

초등학교 때는 담임 선생님께 한 번만 얘기하면 됐잖아? 중학교 땐 대체 어쩌라는 거야? 생리만 했다 하면 수업 시작할 때마다 매 시간 똑같은 말을 반복해야 되는 거야? 모든 선생님들께 매번 양호실에 간다는 말을 어떻게 하란 말이야! 차라리 스피커에 대고 "난 지금 생리중이에요!"라고 방송을 하라고 하지!

제2장 아직도 첫째 날

다른 애들은 이럴 때 대체 어떻게 할까?

선생님이 들어오자마자 앞으로 나가서 말해야 할까? 아니면 앞문에서 기다렸다가 선생님이 교실로 들어오기 전에 말하는 편이 좋을까? 초등학교 때는 이런 일로 고민을 할 필요도 없었는데……겨우 한 살 더 나이를 먹었을 뿐인데 초등학교 때와 이렇게 다른 점이 많다니!

과목별 선생님이 모두 다르면 생리통이 심할 때마다 대체 어떻게 하라는 거야? 새 학기 첫 주부터 양호실에 나 들락거린다고 선생님께 찍히면 어쩌지?

우물쭈물하는 사이에 수업 시작종이 울렸다.

안 돼! 2교시는 도저히 무리야!

자리에서 일어서려는데, 벌써 사회 선생님이 교실로 들어와 버렸다. 선생님은 교탁 앞으로 오자마자 두 눈을 부릅떴다. 눈치 없는 몇몇 애들은 선생님이 들어온 것조차 모르고 계속 떠들어 댔다. 사회 선생님은 모든 아이들이 자리에 앉아 입을 다물 때까지 침묵으로 일관했다. 선생님의 눈빛이 어찌나 무서운지, 서늘한 기운이 교실을 휘감았다.

"교과서 없는 사람!"

사회 선생님의 목소리에 날이 서 있었다. 아무도 손을 들지 못했다. 그러다 선생님이 교실 안을 훑어보자 몇몇 아이들이 엉거주춤하게 손을 들었다. 선생님은 굳게 입을 다문 채 교과서를 가져오지 않은 아이들을 번갈아가며 노려봤다. 그 눈빛에 나는 컥, 하고 숨이 막혔다. 혹시라도 선생님과 눈이 마주칠까 봐 얼른 시선을 내리깔았다.

"중학생의 마음가짐!"

사회 선생님은 모두에게 칠판에 쓴 글을 따라 읽으라고 했다. 그러고는 중학생의 마음가짐이라는 주제로 공책에 글을 쓰라고 시켰다. 중학생이 된 지 벌써 일주일이나 지났는데 교과서조차 준비하지 않았다니, 한심하다면서 이번 시간엔 수업 대신 글을 쓰면서 각오를 다지라고 했다. 반 아이들 모두 누가 먼저랄 것 없이 공책을 꺼내 글을 쓰기 시작했다. 교과서를 가져오지 않은 아이들은 교실 앞쪽으로 불려나가 바닥에 엎드려 글을 썼다.

"중학생의 마음가짐이라⋯⋯ 넌 뭐라고 쓸 거냐?"

옆자리에 앉은 이태양이 자꾸 말을 걸어왔다. 사회선생님이 홱 뒤를 돌아봤다. 심장이 멎는 것만 같았다.

"솔직히 너도 이해 안 가지? 이런 걸 쓴다고 없던 마음이 생기냐? 안 그래?"

이태양이 내 귀에 대고 속삭였다. 거의 들릴 듯 말 듯한 소리였지만 그래도 나는 조마조마했다. 혹시라도 사회 선생님한테 혼이 날까 봐 대꾸할 생각도 하지 못했다.

"야! 너 정말 왜 그래? 왜 자꾸 사람 말을 무시해? 사람이 말을 하면 대답을 해야지?"

이태양! 지긋지긋한 이! 태! 양!

이런 분위기에서 넌 대체 나한테 무슨 말을 하라는 거니? 떠들다 걸리면 어떤 벌을 받을지 걱정도 안 되니?

눈이 없냐고! 선생님이 저렇게 교실 안을 왔다 갔다 하는데 겁도 안 나냐고!

입안에서 맴도는 말은 많았지만 나는 입을 꾹 다물었다. 이태양에게 대꾸를 하는 대신 등을 휙 돌렸다. 이태양이 절대로 볼 수 없도록 교과서를 왼쪽 팔로 가린 채 아주 조그맣게 메모를 했다.

'죄송해요. 생리통이 너무 심해서 양호실에 좀 다녀오겠습니다.'

나는 사회 교과서 귀퉁이에 작게 쓴 글과 사회 선생님을 번갈아 쳐다봤다. 이런 분위기에서 이걸 들고 앞으로 나간다고? 이걸 정말 사회 선생님한테 보여드릴 수 있어?

나는 잔뜩 눈치를 보면서 사회 선생님을 흘긋거렸다. 그렇게 몇 초가 흘렀을까, 사회 선생님과 눈이 마주쳤다. 나는 얼른 고개를 돌렸다.

"거기, 너!"

사회 선생님이 내 자리로 걸어왔다. 그러고는 교과서를 가리고 있는 내 왼쪽 팔을 치웠다. 팔을 치우자마자 내가 교과서 귀퉁이에 써놓은 메모가 보였다. 얼굴이 화끈거렸다.

사회 선생님은 내가 교과서 귀퉁이에 작게 써놓은 글을 내려다보고는 한마디만 했다.

"다녀와!"

*

수업 시간, 아무도 없는 복도에 내 발걸음 소리만 턱없이 크게 울려 퍼졌다. 양호실로 걸어가는 동안 나는 누군가와 마주치거나 누가 나를 볼까 봐 걱정이 됐다. 뭐니? 쟤는 왜 수업 시간에 돌아다녀? 등 뒤에서 그런 말들이 들려오는 것만 같아 잔뜩 고개를 숙이고 걸었다.

"어머머, 식은땀 좀 봐. 저쪽에 가서 빨리 누워."

양호 선생님은 나를 보자마자 양호실 한쪽 구석에 놓여 있는 침대를 가리켰다.

"저기, 그러니까…… 생리통이 너무 심해서……."

간신히 생리통이라는 말을 꺼내 놓고 나서야 나는 제대로 숨을 쉴 수 있었다.

휴우.

"어머, 얘는. 말 안 해도 다 알아. 약은 가져왔어? 없으면 진통제 줄까?"

"네. 감사합니다." 하며 내가 고개를 끄덕이자 양호 선생님은 내 이마에 손을 가져다댔다. 선생님의 손바닥이 이마에 닿자마자 눈물이 핑 돌았다.

"세상에, 얼마나 아팠으면. 약 먹고 얼른 자. 찜질팩도 줄 테니까 배에 올려놓고. 알았지?"

내 예상과 달리 양호 선생님은 꼬치꼬치 캐묻지 않았다. 진짜로 아픈 건지, 생리통이 맞는지, 꾀병은 아닌지, 캐묻기는커녕 찜질팩을 가져다주었다. 그러고는 이불까지 덮어 줬다. 내 가슴 위로 이불을 끌어 올려 주는 양호 선생님의 손길은 그럴 수 없이 다정했다. 그래서일까? 아랫배는 참을 수 없을 만큼 뻐근하고, 허리로 전해져 오는 통증 역시 여전히 끔찍했지만 양호 선생님이 덮어 준 이불을 덮고 침대에 눕자마자 어쩐지 한결 나아진 것만 같았다.

커튼 사이로 희미하게 피아노 소리가 들려왔다. 양호 선생님이 틀어놓은 음악 소리를 들으며 나는 미처 쓰지 못한 글을 떠올렸다.

중학생의 마음가짐.

중학생이 되면 대체 어떤 마음가짐을 가져야 하는 걸까? 열심히 공부해서 특목고에 진학하겠다는 결심? "지금 자면 꿈은 꿀 수 있지만 꿈은 이루지 못한다!"라는 글귀를 책상 앞에 붙여 놓고 자나 깨나 공부만 해야 한다는 결심? 원하는 꿈을 이루기 전까지는 남자친구 같은 건 절대로 만들지 않겠다는 결심? 뭐 이런 각오를 말하는 걸까?

제목만 써 놓은 채 한 줄도 쓰지 못하고 온 글을 떠올리자마자 허리가 욱신거렸다. 나는 배 위에 올려진 찜질 팩을 더 꽉 끌어안으며 우리 반 애들은 '중학생의 마음가짐'이라는 제목으로 어떤 글을 쓰고 있을지 상상했다.

일주일에 한 번은 좋아하는 맛집 찾아다니기, 하루에 세 번은 좋아하는 노래 부르기, 하루에 한 번 밤하늘의 별을 쳐다보기, 일주일에 두 번은 가족에게 사랑한다고 꼭 말하기, 하루에 삼십 분은 지금 내 옆에 있는 사람의 이야기에 귀 기울이기…….

우리 반 애들 중에 이런 글을 쓴 아이가 있을까? 만약 누군가 그런 글을 쓴다면 앞으로 불려 나가 야단이나 맞을 게 뻔하다. 넌 어쩜 아직도 초등학생 티를 이렇게 팍팍 내니? 중학생이 되었으면 중학생다운 생각을 하란 말이야! 분명 훈계를 듣게 될 거다. 훈계가 끝난 뒤에는 중학생다운 '중학생의 마음가짐'에 대해 다시 써오라는 숙제를 해야 할 거다. 아마도, 아니 분명히. 사회 선생님뿐만 아니라 우리 엄마라도 그렇게 시켰을 테니까.

우리 엄마는 내가 초등학생이었을 때는 내 성적에 아예 관심조차 없었다. 초등학교 때는 그저 잘 먹고 잘 놀고 잘 자는 게 최고라면서 성적표도 잘 확인하지 않았다. 그런데 웬걸? 내가 중학생이 된다니까 엄마는 완전 딴 사람으로 변해버렸다. 중학교 입학을 한 달 앞두고 엄마는 내 방 책장을 명문대 선정 세계문학, 교과서 따라잡기 등등의 책으로 가득 채워버렸다.

그뿐이면 말을 안 한다. 어디에서 무슨 소릴 듣고 왔는지, 엄마는 종합학원으로 내 등을 떠밀었다. 엄마가 내 손을 잡아끌고 간 종합학원에서는 일주일에 세 번, 하루 네 시간, 국어, 영어, 수학, 과학, 네 과목을 가르쳐준다. 네 과목이니까 학원비가 비싼 건 당연하다. 그래도 엄청난 학원비를 생각하면 컥, 숨이 막힌다. 첫 달 학원비를 결제하고 집으로 돌아오던 날, 엄마의 눈엔 붉게 핏발이 서 있었다. 턱없이 비싼 학원비 때문에 망설이고 망설이다 결국엔 삼 개월 할부로 학원비를 결제했으니까 당연히 그럴 수밖에.

"넌 기초가 없으니까 더 열심히 해야 해. 알았지?"

종합학원 문을 나서자마자 엄마는 두 손으로 내 어깨를 꽉 붙잡았다. 붉게 핏발이 선 눈으로 나를 뚫어져라 쳐다봤다. 그 타오르는 눈빛 앞에서는 "알았다"는 말 외에는 다른 어떤 말도 할 수 없었다.

엄마! 사실 나는 내가 뭐가 되고 싶은지 모르겠어요.

엄마! 사실 나는 목표도 없어요.

엄마! 나는 딱히 타고난 재능도 없단 말이에요.

가슴 저 안쪽에서부터 못 다한 말들이 부글부글 거품을 내며 끓어올랐지만 차마 입 밖으로 내뱉을 수는 없었다.

엄마 앞에서는 토해낼 수 없었던 말들이 아랫배 저 안쪽에서부터 쿡쿡 나를 찔러댔다. 나는 그렇게 하면 조금이라도 통증을 잊을 수 있기라도 할 것처럼 찜질팩을 더 꽉 끌어안았다.

커튼 너머에 앉아 피아노 소리에 맞춰 고개를 끄덕거리는 양호 선생님의 등에 대고 나에게만 들리는 목소리로 가만히 물었다.

딱히 좋아하는 것도, 재능 있는 것도, 특별한 것도 없는 나는……중학생이 되어 어떤 마음가짐을 가져야 하는 걸까? "중학생의 마음가짐" 같은 글을 백 번쯤 쓰다 보면 없던 마음도 생기게 될까?

*

세상에! 대체 몇 시간이나 잔 거야?

말도 안 돼! 12시가 넘었잖아!

벌써 점심시간이 끝나가고 있었다.

대체 어떻게 된 거지? 2교시, 3교시, 4교시까지 내리 잠을 잤단 말이야?

깜짝 놀라 자리를 박차고 일어나 침대에서 빠져나왔

다. 양호 선생님은 이미 자리를 비운 상태였다. 나는 교실로 달려갔다. 급식을 먹고 온 아이들이 교실로 속속 들어왔다.

"야! 너, 점심 안 먹었지?"

이태양이 내 책상 위에 툭, 하고 뭔가를 던졌다. 매점에서 파는 크림빵이었다. 뭐라고 대답해야 할지 몰라 나는 책상 위의 크림빵만 내려다봤다.

"너 양호실 갔다 온 거 맞지? 그래도 내가 명색이 네 짝이잖아. 들어오는 선생님들마다 내가 너 양호실 갔다고 다 말씀드렸어. 뭐야? 봉지까지 내가 뜯어 줘야 해?"

이태양은 그렇게 말하며 내 책상 위의 크림빵을 집어 들었다. 봉지를 뜯어 내 손에 쥐어 줬다.

"안 먹어? 너 점심도 안 먹었잖아? 뭐냐, 너? 내가 사 준 거라서 싫은 거냐?"

이태양의 얼굴에서 웃음기가 사라졌다.

"그러니까 그게⋯⋯."

내가 우물쭈물하는 사이에 이태양이 옆자리에 앉았다.

"야! 너, 나한테 뭐 불만 있냐?"

이태양이 진지한 얼굴로 나를 쳐다봤다. 남자인 나랑 여자인 너랑 다른 게 뭐냐면서 내 옆구리를 쿡쿡 찌를 때하고는 딴판이었다. 장난기 없는 얼굴에 대고 대체 뭐라고 얘기해야 할지 난감했다. 불만은 없다, 단지 몸이 좀 안 좋을 뿐이야, 라고 얘기하고 싶었지만 쉽게 입이 떨어지지 않았다. 대체 어디가 아픈 거냐고 물으면 뭐라고 대답해야 할지 걱정이 앞섰다.

"그게 아니라……."

나는 이태양이 사다 준 크림빵을 만지작거리며 어렵게 입을 열었다. 챙겨줘서 고마워, 라고 말을 하려는데 주위가 소란스러워졌다.

"현정아! 우리 지금 매점 갈 건데 너도 같이 갈래?"

명랑이었다. 급식을 끝내고 매점으로 가던 길이었는지, 명랑이가 교실 앞문에 붙어 서서 나를 불렀다. 명랑이 뒤쪽으로 미애 무리가 보였다.

어쩌지?

얼른 일어나 미애 무리에 끼고 싶었지만 도저히 자리를 박차고 나갈 수가 없었다. 또 자리를 떠버리면 이태양은 정말 오해를 할 테니까.

나는 명랑이를 향해 손에 든 크림빵을 들어 보였다. 명랑이는 뭐 할 수 없지, 라는 표정으로 어깨를 한 번 으쓱해 보이고는 곧장 뒤돌아섰다.

"그러게 내가 뭐랬어? 괜히 걱정했잖아."

"쟤 벌써 혼자 매점 갔다 온 거야?

"야야, 시간 없어 빨리 가."

복도 쪽에서 미애 무리의 얘기 소리가 들려왔다.

괜히 걱정했잖아…… 그러게 내가 뭐랬어…….

미애 일행이 사라진 뒤에도 아이들의 볼멘소리가 귓가에 맴돌았다. 이러다 정말 혼자가 되는 건 아닐까, 불안해지기 시작했다.

그래서였을까?

이태양이 "말을 해야 알지." 하면서 다시 또 내게 말을 붙이자마자 나는 "몸이 안 좋아서 그래!" 소리치듯 대답하고는 그대로 책상에 얼굴을 묻어 버렸다. 이태양의 시선이 느껴졌다. 정수리가 따끔거렸다. 곧이어 거칠게 걸상 미는 소리가 들려왔다. 두 팔에 얼굴을 파묻은 채 살짝 실눈을 떴다. 이태양은 없고 이태양이 사다 준 크림빵만 나를 빤히 들여다보고 있었다.

'너 정말 왜 그러니?'라고 묻는 것만 같았다.

제3장 둘째 날

세상에! 이런 일을 저지를 수 있는 애는 대체 어떤 정신 상태를 가진 걸까? 나는 무슨 말을 해야 할지 몰라 미애 옆에 서 있기만 했다. 미애는 울음을 참느라 부들부들 떨고 있었다. 책상 위에 펼쳐져 있는 생리대를 내려다보면서 말이다. 동아리 시간이 끝나고 교실로 돌아왔더니, 미애 책상 위에 보란 듯이 생리대가 펼쳐져 있었다.

"어떤 녀석이 이런 짓을 한 거야!"

미애의 분노가 폭발했다. 고함 소리가 어찌나 큰지, 교실로 들어오던 남자애들까지 미애 자리로 몰려들었다.

"오! 뭐야? 생리대!"

"크크크. 그러니까 미애가 지금 생리를 하고 있단 거냐?"

"저거 텔레비전에서 광고하는 그거지? 진짜로 날개
가 달려 있네?"

"누구 물 가져온 애 없냐? 물 좀 부어 봐. 진짜로 새나
안 새나 한 번 해보자!"

남자애들은 생리대를 보더니 휘파람까지 불었다. 여
기저기서 킥킥거리며 무슨 재미난 일이라도 생긴 것처
럼 야단이었다. 미애 표정을 보면 절대로 저렇게 웃지
는 못할 텐데…… 정말이지 남자애들이란!

나는 남자애들을 흘겨보며 미애 등을 어루만졌다. 어
떤 식으로든 미애를 위로해 주고 싶었다. 그런데 미애
가 내 손을 홱 뿌리쳤다. 볼이 확 달아올랐다. 꺼져, 라
는 말을 들은 것만 같았다. 미애가 딱히 내게 나쁜 감정
이 있어서 그런 건 아닐 거야, 라고 생각하면서도 왠지
창피했다. 그냥 내 자리로 돌아가 앉을까, 망설이는데
복도 쪽에서 봉화 목소리가 들려왔다.

"어떡해, 어떡해! 미애야, 수업 중이라 어떻게 할 수
도 없었어……."

화장실에라도 갔다가 뛰어오는 길이었는지, 봉화는
연신 가쁜 숨을 몰아쉬었다. 곧이어 이어진 봉화의 말
은 충격 이상이었다. 우리 교실에서 영어 팝송반 동아
리 수업이 있었는데, 미애 자리에 앉은 남자애가 선생
님 몰래 자꾸 미애 서랍을 뒤지더라는 것이었다. 왜 저
럴까, 너무 이상해서 봉화는 계속 그 남자애를 지켜봤
다고 했다. 그 남자애는 처음엔 미애 서랍 속에 들어 있
던 책이며 노트를 꺼내서 뒤적이다가 수업이 끝날 즈음
에는 파우치까지 꺼냈다고 했다.

"파우치에서 생리대를 꺼내더라니까! 포장까지 뜯고
는 네 생리대를 만지작만지작, 갖고 노는 거 있지? 그것
도 막 웃으면서! 아이, 징그러!"

봉화는 다시 떠올리기도 싫다는 듯이 어깨를 떨어댔다.

"뭐라고!"

명랑이가 주먹으로 쾅, 미애의 책상을 내리쳤다. 그

바람에 책상 위에 펼쳐져 있던 생리대가 교실 바닥으로 떨어졌다. 순간, 내 몸이 먼저 반응했다. 후다닥, 바닥에 떨어진 생리대를 주워 들었다. 문제는 그다음이었다. 미애한테 생리대를 건네 줄 수 있는 상황이 아니었다. 미애 표정이 너무 심각했다. 그렇다고 생리대 주인도 아닌 명랑이한테 생리대를 넘겨줄 수도 없었다.

"대체 어떤 놈이야! 아이, 진짜 역겨워!"

미애가 울음을 터트리고야 말았다.

"진짜 미애 네가 봤어야 하는데! 그 자식이 막 웃으면서 네 생리대를 만지는데 어휴, 끔찍해! 너무 징그러워서 토할 뻔했다니까!"

봉화는 정말 눈치가 없었다. 야! 봉화 너! 그만 그 입 좀 다물어, 라고 외치고 싶었지만 나는 그저 얼굴을 붉히고 서 있기만 했다. 몰려 서 있던 남자애들이 봉화 흉내를 내며 "어휴, 징그러!", "어휴, 역겨워!" 킥킥거리며 어깨를 떨대는 통에 미애한테 위로 한 마디 해 줄 수 없었다. 엉겁결에 미애 생리대를 주워 든 채 이 생리대를 대체 언제 미애한테 돌려줄 수 있을까, 눈치만 봤다.

"야! 윤현정, 넌 왜 생리대를 들고 서 있냐?"

어느 틈에 왔는지, 이태양이 내 어깨를 툭 치며 물었다.

*

내 얼굴은 홍당무처럼 달아올랐다.

나는 화들짝 놀라 손에 쥐고 있던 미애 생리대를 움켜쥔 채 내 자리로 도망치듯 돌아왔다.

"현정아! 너 미애 생리대는 왜 들고 가! 그거 미애 거잖아!"

등 뒤에서 봉화가 큰 소리로 내 이름을 불렀다. 봉화는 정말, 참, 눈치도 없었다.

"야! 지금 광고하냐! 차라리 스피커에다 대고 떠들어!"

미애가 봉화를 노려보더니 곧장 자리에 엎드려버렸다. 나는 미애 생리대를 움켜쥔 채 미애 자리를 쳐다만봐야 했다. 미애 어깨가 들썩이는 걸 보니 우는 듯했다.

지금 미애에게 생리대를 돌려주러 갔다가는 안 봐도 뻔했다. 봉화보다 나한테 더 화를 낼 게 뻔했다.

나는 엉거주춤하다 풀썩 자리에 앉았다. 곧이어 수업 시작을 알리는 종이 울렸다.

"너도 혹시 생리하냐?"

이태양이 자리에 앉자마자 내 귀에 대고 속삭였다. 하마터면 꺅, 비명을 지를 뻔했다. 나는 화내지 않으려고 애쓰며 이제 막 교탁 앞에 선 도덕 선생님한테 시선을 고정했다.

"미애 생리대를 갖고 온 걸 보면, 분명해!"

이태양이 혼자 중얼거렸다. 이대로 놔두면 이태양은 계속해서 떠들어 댈 게 분명했다. 아니, 다른 남자애들한테 가서도 윤현정이 요즘 생리를 하나 봐, 어쩐지 툭하면 짜증을 내고 그러더라니까, 어쩌고저쩌고 쓸 데 없는 말을 지껄일 게 뻔했다.

어휴. 나도 모르게 한숨이 터져 나왔다.

왜 하필이면 이태양이야!

하늘에 대고 울부짖고 싶었다. 다른 애들은 친한 애들이랑 한 반이 되는데 나는 왜? 왜 우리 초등학교에서 나만 혼자 이 학교로 배정을 받은 거야? 친한 친구랑 한 반이 되기는커녕 같은 초등학교에서 올라온 친구도 한 명 없는 외톨이가 되고 말았다.

그뿐이면 말을 안 한다. 반 배정을 받고 교실 문을 열었더니 노랑머리에 팔찌까지 차고 있는 남자애가 확 눈에 들어왔다. 자리를 정하는 날, 제발 저 남자애랑만 짝이 되지 않게 해주세요! 하늘에 대고 빌었다. 그런데 왜! 왜! 왜! 하필이면 제발 짝이 되지 않게 해 달라고 빌었던 바로 그 남자애, 이태양이 내 짝이란 말인가!

나는 흡, 숨을 들이마셨다. 이태양처럼 무신경한 인간과는 한마디 말도 섞고 싶지 않았지만 입을 열었다. 절대로 이태양이랑 주거니 받거니, 말을 섞고 싶은 마음은 없었다.

"아니거든!"

시선은 여전히 교탁 앞 도덕 선생님한테 고정한 채,

나는 이태양 귀에 대고 빠르게 말을 뱉었다.

"뭐가?"

이태양이 내 쪽으로 몸을 바짝 기울였다.

으으으, 제발 떨어져! 떨어지라고! 이렇게 바짝 붙어 앉으면 나더러 어쩌라고!

소리치고 싶었지만 할 수 없었다. 도덕 선생님한테 찍히고 싶지는 않았으니까.

"나 아니라고."

할 수 없이 나도 상체를 이태양 쪽으로 바짝 기울이며 말했다.

"그러니까 뭐가?"

"나 생리 안 한다고요!"

나는 어금니까지 악물며 대꾸했다.

"뻥치네……."

이태양이 실실 웃으며 나를 쳐다봤다.

오, 마이 갓!

이런 녀석이랑은 더 말을 섞어 봤자 좋을 게 없지. 나는 입을 꽉 다물고 칠판만 노려봤다. 내가 얼마나 살벌하게 화가 났는지, 내가 얼마나 이태양을 싫어하는지, 제발 이태양이 알아채기를 기도하며 칠판을 노려봤다.

그래서였을까?

이태양도 더 이상 내게 말을 걸지 않았다. 툭, 하고 내 옆구리를 찌르지도 않았다. 어쩐 일이야, 이상해서 살짝 이태양 쪽을 곁눈질했다.

이태양은…… 엎드려 자고 있었다.

그럼 그렇지. 이태양 네가 공부를 하고 있을 리가 없지.

그래, 차라리 잠을 자라. 푹 자라.

그래, 제발 나한테 아무 신경 쓰지 마.

그래, 오늘 하루는 제발 나한테 말도 걸지 마.

엎드려 자는 이태양의 등짝을 내려다보고 있으려니 슬며시 입가에 미소가 번졌다. 최소한 이번 시간이 끝날 때까지는 수업에 집중할 수 있겠지. 나름 만족해하며 필기를 하기 시작했다.

그때였다. 이태양이 번쩍, 손을 들어 올렸다.

"선생님!"

도덕 선생님이 칠판에 판서를 하다 말고 이태양을 돌아봤다.

"똥 때리고 오겠습니다!"

이태양은 도덕 선생님의 허락이 떨어지기도 전에 벌써 두루마리 휴지를 집어 들고는 잽싸게 교실 문을 박차고 뛰쳐나갔다.

이태양 저 인간, 대체 두루마리 휴지는 왜 갖고 다니는 거야!!!

*

힘들고 긴 하루였다. 집에 돌아오자마자 침대에 쓰러져 버렸다. 매트리스에 등을 대고 눕자 살 것 같았다. 하루 종일 허리에서부터 엉덩이 꼬리뼈까지 번져 오는 통증에 몇 번이나 어금니를 악물어야 했다. 다른 여자애들은 생리를 할 때 대부분 배가 아프다는데, 나는 생리만 했다 하면 허리 뒤쪽에서부터 엉덩이 꼬리뼈까지 통증이 온다.

엄마 말로는 엄마도 나처럼 허리 뒤쪽이 심하게 아팠다고 한다. 생리통이 심해 학창 시절 결석도 자주 했는데, 결혼 후 나를 낳고 생리통이 감쪽같이 없어졌단다.

내가 의심스러운 눈빛으로 "정말?" 하고 묻자, 엄마는 "정말이지, 그럼." 하면서 "현정이 너도 결혼하고 아이를 낳으면 생리통은 없어질 거야. 산부인과 의사 선생님 말씀으로는 엄마는 자궁이 남들보다 좀 뒤에 붙어 있어서 생리 때만 되면 그렇게 허리 뒤쪽이 아팠던 거래. 출산을 하면서 자궁이 제자리를 찾았다지 뭐니."라는 말을 덧붙였다.

생리통이 유전이라면, 생리통이 없어지는 것도 유전이라나 뭐라나 하면서 말이다. 극심한 생리통에 시달리는 나한테는 아직까진 믿기 힘든 전설 같은 얘기다.

결혼하고 아이를 낳으면 생리통이 없어진다고? 그럼 앞으로도 몇 년이나 이 극심한 생리통에 시달려야 되는 거야? 만약에 내가 결혼을 안 하면? 만약에 내가 결혼은 해도 아이를 낳지 않으면? 그럼 평생 이 지긋지긋한 생리통이랑 함께 살아야 된다는 거야? 생리 때만 되면 언제까지나 오늘처럼 불안해하면서 지내야 되는 거야?

앞으로도 생리통에 시달릴 생각을 하니, 앞이 캄캄했다. 한 달에 한 번, 며칠씩 오늘처럼 계속해서 견뎌내야 한다고 생각하니, 정말이지 울고 싶어졌다. 오늘 하루, 나의 하루는, 뭐랄까 심지가 다 타버린 양초 같았다고 해야 하나? 마지막까지 타들어가 버린 심지로 버티면서 언제 꺼질지 모르는 촛불을 밝혀야 하는 양초, 나의 오늘 하루가 꼭 그랬다.

이태양이 도덕 시간 중간에 평범한 사람이라면 절대로 할 수 없는 용감한(?) 행동을 한 뒤로 교실은 난리가 났다. 쉬는 시간이 되자마자 우리 반 남자애들 전부 이태양 자리로 몰려와 일제히 "똥 때리고 오겠습니다!"를 외쳐댔다. 이태양은 남자애들이 "똥 때리고 오겠습니다!"를 외칠 때마다 오른손을 번쩍, 높이 들고 교실이 떠나가라 "똥 때리고 오겠습니다!" 소리쳤다.

이태양 옆자리에 앉아 있던 나는 덩달아 남자애들에게 둘러싸인 채로 똥, 똥, 똥, 똥의 합창을 듣고 있어야 했다. 교실에 똥이 흘러넘치는 것만 같았다. 흘러넘친 똥이 내 귓속을 뚫고 들어오는 것만 같았다. 게다가 남자애들이 나한테서 혹시라도 이상한 냄새를 맡기라도 할까 봐 정말이지 조마조마했다. 이런 녀석들이라면 내가 생리하는 걸 알게 되면 놀려댈 게 뻔했다. 그 생각을 하자마자 욱, 속이 울렁거리기 시작했다.

나는 우욱, 토할 것 같은 걸 참으며 남자애들을 밀치고 화장실로 달려가야 했다. 쉬는 시간마다 그 짓을 반복했다. 남자애들을 피해 화장실로 달려가 매 시간 생리대를 갈았다. 나는 저 때문에 쉬는 시간마다 화장실로 달려가야 했는데도 이태양은 정말 뻔뻔했다. 쉬는 시간마다 내 옆자리에서 남자애들이랑 "똥 때리고 오겠습니다!"를 외쳐 댔다.

그뿐이면 말을 안 한다. 내가 쉬는 시간마다 화장실

에 갔다 왔더니, "너, 설사냐?"라지 뭔가.

이태양, 이태양, 이태양! 정말이지 끔찍한 이태양!

대체 이태양의 머릿속엔 뭐가 들어 있는 걸까? 머릿속에 뭐가 들어 있길래 그렇게 아무렇지도 않게 여자애에게 설사냐는 질문을 던질 수 있지? 어쩜 그렇게 당당하게 수업 시간에 화장실에 간다고 말할 수 있는 거지?

이태양을 떠올리자 다시금 생리통이 나를 덮쳤다. 허리 뒤쪽부터 엉덩이 꼬리뼈까지 찌릿한 통증을 참으려고 이를 악문 채 이불을 꼭 끌어안았다.

초등학교 때 단짝 친구들 얼굴이 떠올랐다. 여학교에 간 친구들은 얼마나 좋을까? 나도 남녀공학이 아니라 여학교에 갔다면 좀 나았을까?

여학교에 갔으면 여자들끼리만 있으니까 생리 때도 이렇게 힘들지는 않을 텐데…… 남자애들 눈치 같은 것 볼 필요 없이 양호실에 다녀올 수도 있고, 혹시라도 남자애들이 나한테서 이상한 냄새가 난다고 할까 봐 마음 졸이며 시간마다 생리대를 갈러 갈 필요도 없을 텐데…….

제4장 셋째 날

"너희 이거 먹어 봤니? 엄마가 어제 마트에 가서 사 오셨더라."

점심시간이 끝나고 교실로 돌아오자마자 미애가 가방에서 라면을 꺼냈다. 얼마 전에 출시된 완전 매운 고추 짬뽕 라면이었다.

"와우! 이거 우리 동네 편의점에서는 사지도 못 해. 완전 인기잖아."

봉화가 미애 라면을 낚아챘다. 명랑이까지 덩달아 흥분하기 시작했다.

"진짜 웬일이니. 이거 진짜 먹어보고 싶었는데! 텔레비전에서 광고 나올 때마다 얼마나 먹고 싶었는지 너희는 모를 거다, 식품 성분 따지는 엄마랑 사는 게 얼마나 피곤한지. 우리 엄만 말이야, 라면은 무조건 안 된대. 라면 먹으면 바로 죽는 줄 아나 봐. 라면이 무슨 마약이니, 독약이니? 왜 못 먹게 하는지 모르겠어."

명랑이 말에 미애는 짧게 한마디 했다.

"그럼 먹으면 되지."

미애 말에 명랑이 눈이 오백 원짜리 동전만큼이나 커졌다.

"진짜? 이거 또 있어? 이건 너 먹어야지."

명랑이가 완전 매운 고추 짬뽕 라면을 가리켰다.

"내가 누구냐. 의리 하면 나! 김미애!"

곧이어 미애의 가방 속에서 똑같은 라면 네 개가 쏟아져 나왔다. 순간, 나도 모르게 안도의 한숨을 쉬었다.

세 개가 아니라, 네 개라니.

내 눈에는 미애의 책상 위에 놓인 완전 매운 고추 짬

뽕 네 개가 똑같은 유니폼을 입은 팀처럼 보였다. "현정이 너도 우리 팀이야."라는 말을 들은 것만 같았다.

"라면은 원래 수업 시간에 몰래 먹어야 맛있는 거 알지?"

내게도 똑같은 봉지에 든 완전 매운 고추 짬뽕을 건네주며 미애가 찡긋, 윙크를 했다.

"어? 어……."

미애의 윙크에 나는 완전 얼어 버렸다. 엉거주춤 미애가 건네 준 라면을 받아들고 머리만 긁적거렸다. 윙크라니! 아무렇지 않게 윙크를 할 수 있는 미애가 내 눈에는 그저 신기할 뿐이었다. 나도 미애한테 윙크를 할수 있으면 얼마나 좋을까? 미애처럼 감정을 직접적으로 표현할 수 있으면 얼마나 편할까? 기쁠 땐 웃고, 싫으면 싫다고 말하고, 화나면 남 앞에서 울어 버릴 수 있는 미애의 당당함이 나한테는 없다.

나는 다른 애들이랑 똑같은 라면을 손에 든 채 대화에 끼지 못하고, 애들 이야기를 듣기만 했다. 미애와 봉화는 수업 시간에 몰래 라면 맛있게 먹는 방법에 대해 자신만의 노하우를 공개했다. 평소 라면을 별로 먹어 보지 못한 명랑이는 그 옆에서 눈을 반짝거렸다.

"책상 위에 이렇게 교과서를 세워. 그런 뒤에 이렇게 살짝 살짝 교과서 앞으로 머리를 가져간 다음, 슛 골인! 마구마구 부순 생라면을 입에 넣는 거지!"

미애가 먼저 시범을 보였다.

"생라면은 내공 없어도 누구나 먹을 수 있어. 완전 고수라면, 수업 시간에 교실에서 뜨끈뜨끈한 국물 라면쯤은 먹어 줘야지. 스텐으로 된 텀블러 있지? 텀블러에다가 라면을 잘게 부숴서 넣어. 스프 넣고 뜨거운 물을 부은 다음에 뚜껑을 닫는 거야. 그리고 음료수 마시듯이 라면을 마셔 버리는 거지."

봉화가 늘 들고 다니는 별다방 텀블러를 내보이며 자신만만하게 웃었다.

수업 시간에 음료수 마시듯 라면을 들이마시다니!

정말 대단한 봉화였다. 그런데 더 대단한 사람은 명랑이었다.

"진짜? 그럼 나 한 번 해 볼래. 다음 시간에 봉화 네 텀블러 좀 빌려 줘."

명랑이는 다음 시간에 반드시 성공적으로 끓인 라면을 먹어 보이겠다며 우지끈, 두 손에 힘을 주었다. 완전 매운 고추 짬뽕 라면 봉지가 구겨지며 속에 든 라면이 두 동강 났다. 미애도 봉화도 "좋았어!"를 외치며 동시에 손에 들고 있던 완전 매운 고추 짬뽕을 마구마구 부수기 시작했다.

"이러면 더 잘 부서져!"

이제 아이들은 아예 미애 책상 위에 라면 봉지를 올려놓고 주먹으로 내려치기 시작했다. 나도 역시 똑같은 포장지의 라면을 그 옆으로 슬며시 올려놓았다. 미애처럼, 봉화처럼, 명랑이처럼 나도 똑같이 주먹을 번쩍 들어 올렸다 라면에 내리쳤다. 그러나 어쩐 일인지 나만 박자가 맞지 않았다.

"끓여 먹든 생으로 먹든, 다음 시간에 무조건 먹는 거야!"

미애가 오른손바닥을 앞으로 쭉 내밀었다. 우리는 결

의라도 다지듯 하이파이브를 한 뒤 각자의 자리로 돌아갔다. 이제는 라면이 아니라 라면 부스러기가 되어 버린 완전 매운 고추 짬뽕을 무슨 비밀 병기라도 되는 듯이 가슴에 품고서.

*

수업 종이 울렸다. 5교시는 도덕 시간이었다. 나는 완전 매운 고추 짬뽕을 서랍 속에 감추고 얼른 도덕 교과서를 꺼냈다. 미애와 봉화가 내 쪽을 보며 엄지를 추켜세웠다. 라면 먹기, 꼭 성공하자는 신호였다. 나도 모르게 서랍 속에 숨겨 둔 라면 봉지를 움켜쥐었다.

"너도 라면 광이냐?"

이태양이 내 어깨를 툭 쳤다. 대꾸를 하려는데 도덕 선생님이 교실로 들어섰다. 나는 허리를 곧추세웠다.

"수행 평가 준비는 잘 하고 있니? 수행 평가라고 해서 너무 성적하고만 연관 짓지는 말고. 이번 기회에 우

리가 평생 함께 살아가야 할 남자, 여자에 대해 깊이 생
각할 수 있었으면 좋겠다."

도덕 선생님은 그렇게 말하며 교실을 한 번 쓰윽 둘
러봤다.

삐걱삐걱.

조용한 교실에 의자 삐걱거리는 소리가 들려왔다. 이
태양이었다. 도덕 선생님의 이마에 아주 길고 굵은 지
렁이 한 마리가 지나갔다. 삐걱삐걱. 이태양은 도덕 선
생님이 인상을 쓰는데도 계속 의자를 삐걱거렸다.

이 녀석 이러다 진짜 혼나지, 조마조마한 마음으로
도덕 선생님을 바라봤다. 도덕 선생님은 가능한 신경
쓰지 않기로 했는지, 바로 교과서를 펼쳤다.

"안 먹어?"

이태양이 내 쪽으로 잔뜩 몸을 붙여 왔다.

"넌 상관없거든."

시선을 교과서에 고정한 채 쏘아붙였다.

"야! 너만 안 먹어, 지금. 봐봐. 다른 애들 다 먹고 있

잖아. 미애가 아까부터 너 쳐다보는 거 안 보이냐?"

이태양이 턱으로 미애를 가리켰다. 정말 미애가 나를
보고 있었다. 나와 눈이 마주치자마자 미애는 병풍처럼
세워놓은 교과서 안쪽으로 고개를 푹 숙이더니, 생라면
을 한 움큼 입에 털어 넣었다. 미애 어깨 너머에서 봉화
도 나를 향해 엄지를 추켜올렸다. 너도 얼른 해, 재촉하
는 것만 같았다. 나는 고개를 돌려 뒤쪽 창가 옆에 앉아
있는 명랑이를 쳐다봤다. 명랑이는 알 듯 모를 듯한 미
소를 지으며 내게 텀블러를 들어 보였다. 그러고는 여
봐란 듯이 텀블러를 입에 가져갔다.

"봤지? 봤지? 우리도 빨리 먹자, 응? 응? 응?"

이태양이 콧소리를 냈다. 심지어 어깨를 떨어 대는
애교까지!

우지끈, 서랍 속 라면 봉지를 움켜쥔 손에 힘이 들어
갔다. 책상 위에 병풍처럼 우뚝 세워 놓은 도덕 교과서
와 교탁 앞 도덕 선생님을 번갈아 바라봤다.

도덕 선생님이 칠판을 향해 돌아서는 순간, 곧바로

입에 넣는 거야.

라면 봉지 속 생라면 부스러기를 한 움큼 움켜쥐었다. 타이밍을 놓칠까 봐 숨도 쉬지 못했다.

그래서였을까?

갑자기 허리에 엄청난 통증이 느껴졌다. 누군가 내 허리를 발로 걷어차는 것만 같았다. 내 입에서 윽, 소리가 새어 나왔다. 나는 신음소리가 새어 나오는 입을 손으로 틀어막고 교탁을 향해 앞으로 달려 나갔다. 교탁 위에 슬며시 내 도덕 교과서를 올려놨다. 귀퉁이에 "생리통이 너무 심해요."라고, 연필로 흐릿하게 메모해 놓은 페이지를 펼치고 도덕 선생님 눈치를 봤다.

"다녀와."

도덕 선생님 목소리에 날이 잔뜩 서 있었다.

"네."

나는 고개를 푹 숙인 채 내 도덕 교과서를 챙겼다. 아이들의 시선을 한 몸에 받으며 문을 향해 돌아섰다.

"그런데 너! 아무리 아파도 수행 평가는 제대로 해 와

야 해!"

도덕 선생님의 퉁명스런 목소리가 내 등에 와서 꽂혔다. 수업 시간마다 양호실에 가는 일이 벌써 몇 번째 반복되었기 때문일까? 도덕 선생님도 역시 사회 선생님이나 체육 선생님처럼 내가 꾀병을 부린다고 생각하는 걸까?

나는 들릴 듯 말 듯 작은 목소리로 "네."라고 대답한 뒤 서둘러 교실을 나왔다. 양호실로 걸어가는 내내, 허리가 끊어질 듯한 통증과 끝도 없이 꼬리를 물고 이어지는 나쁜 예감이 내가 발걸음을 뗄 때마다 나보다 먼저 앞서 걷기 시작했다.

*

"왔어? 우리도 도덕 수행 평가 얘기 좀 하자."

이태양이 웃고 있었다. 내가 양호실에서 교실로 돌아오자마자 이태양은 나를 향해 흰 이를 드러내 보이며 반갑게 웃었다. 내 책상 위에 있던 물을 한 방울도 남기지 않고 다 마셔 버린 인간, 내 서랍 속에 숨겨 놨던 라면을 부스러기 하나 남기지 않고 다 먹어 버린 파렴치한이!

어쩜, 인간이 저렇게 뻔뻔할 수가 있지?

나는 입술을 깨물었다. 텅 비어 버린 내 물병과 쫙 찢어진 채 은색 내장을 드러낸 완전 매운 고추 짬뽕 포장지를 내려다보며 어금니를 악물었다. 내 입술이 조금이라도 벌어졌다가는 나도 예측할 수 없는 말들이 튀어나올까 봐, 나는 입술을 깨물었다.

"뭐야? 아직도 아프냐?"

이태양이 자리에서 일어나 내 쪽으로 다가왔다. 내 어깨에 손을 얹으려고 했다.

"지, 지금 장난해?"

나는 소리쳤다. 이태양의 손을 뿌리치며 소리 지르고 말았다.

"무슨 일인데?"

"뭐야? 뭐야?"

어느 새 반 아이들이 나와 이태양을 둘러쌌다. 쉬는 시간엔 잠만 자고 점심시간이 아니면 아무 일에도 관심이 없는 황영웅까지 뛰어왔다. 아이들은 호기심에 가득 찬 눈으로 나와 이태양을 지켜보며 다음에 일어날 일을 고대하고 있었다.

아이들의 시선을 한 몸에 받다니!

참았던 눈물이 터져 버리고 말았다.

학기 초부터 왜 다른 애들 눈에 튀는 행동을 하게 되는 건지……수업 시간엔 자꾸 양호실에 가고, 새 학기 시작된 지 얼마 되지도 않아 옆자리 애랑, 그것도 남자 애랑 소리치며 싸우는 아이…….

다른 애들 눈엔 내가 대체 어떻게 보일까?

너무 조용해서 다른 애들한테 만만해 보이고 싶지도 않지만, 눈에 튀고 싶지도 않다.

그런데 왜? 왜 자꾸 학기 초부터 나만 눈에 튀는 행동을 하게 되는 거냐고!

참았던 말들이 튀어나와 버리고야 말았다.

"이태양 너……너, 진짜 나한테 왜 이래! 내가 그렇게 우스워? 왜 남의 물건을 함부로 만져!"

소리치며, 나는 털썩 내 자리에 주저앉고 말았다. 눈물을 감추려고 책상에 얼굴을 파묻어 버렸다.

"야! 윤현정! 너, 지금 무슨 생각한 거냐?"

정수리 위에서 이태양의 우렁찬 목소리가 날아다녔다.

"그러니까 너, 내가 네 물을 마셨다는 거야? 넌 내가 주인한테 물어보지도 않고 함부로 남의 물이나 퍼마시는 놈이라는 거냐? 엉? 짝이 아파서 양호실에 갔는데 그 틈을 타서 기회는 이 때다, 라면이나 훔쳐 먹는 놈이라는 거야? 너 진짜 그렇게 생각하는 거냐??"

이태양의 목소리가 점점 더 거칠어졌다. 내 정수리 위로 뜨거운 불똥이 떨어지는 듯했다.

나는 잔뜩 몸을 움츠렸다. 책상에 엎드려 두 팔 안으로 얼굴을 더욱더 깊숙이 파묻었다.

"야! 대답을 해, 대답을!"

이제 이태양의 목소리엔 잔뜩 날이 서 있었다.

화를 낼 사람은 누군데, 대체 누가 화를 내는 거야! 미안하다고 사과를 해도 모자랄 판에 도리어 나한테 소리를 질러?

너무 어이가 없어 흐르던 눈물도 멈춰 버렸다.

그때였다. 뒤이어 누군가 내 등에 손바닥을 가져다 댔다.

이태양! 이태양! 지긋지긋한 이태양!

"남의 등은 왜 만져!"

나는 번쩍 고개를 들었다. 내 등에 닿은 손바닥을 확 뿌리쳤다.

"미안해서 어떡해……."

미애였다. 내 등에 손바닥을 댄 사람은 이태양이 아니라 미애였다. 미애는 내가 손을 뿌리치자 다시 내 어깨를 내리눌렀다. 마치 넌 그냥 가만히 있어, 라고 말하는 듯했다.

"현정아, 진짜 미안. 넌 어차피 아파서 먹지도 못하잖아."

미애는 내가 뭐라고 대꾸를 하기도 전에 빠르게 변명을 늘어놓기 시작했다.

"아까 수업 시간에 보니까 태양이가 라면을 너무 먹고 싶어 하는 것 같더라고. 태양이는 절대로 안 먹겠다고 했는데 내가 찢어서 같이 먹자 그랬어."

미애는 변명을 늘어놨다. 나를 보지도 않은 채. 내가 아니라 이태양을 바라보면서.

미애야! 사과를 할 땐 최소한, 나를 보면서 미안하다고 해야 하는 거 아니니?

나는 미애에게 묻고 싶었다. 묻고 싶은 말이 많았다. 그런데 아무 말도 할 수가 없었다. 그저 내 자리에 앉아 텅 비어 버린 물병과 미애를 번갈아 바라만 봤다.

"미안, 미안. 네 물도 내가 마셨어. 생라면에 스프를 너무 많이 뿌렸나 봐. 너무 짜더라고. 내가 물 채워 놓을게. 현정아, 화 풀어. 응? 태양이가 아니라 내가 그랬어, 내가."

미애는 분명 미안하다고 사과를 하고 있었다. 그런데

왜 내 귀에는 미애의 모든 말이 이태양의 비위를 맞추고 있는 것만 같은지…….

"현정아! 응? 미안해~~~"

미애가 나를 내려다봤다. 눈이 마주치자마자 찡긋, 윙크를 했다. 이런 순간에 윙크라니!

이럴 땐 대체 어떻게 해야 되나요? 하늘에 대고 묻고 싶었다.

제5장 넷째 날

내가 돈가스를 나눠 주게 되다니!

이게 다 이태양 때문이다. 내가 양호실에 간 사이에 이태양이 제멋대로 급식 당번에 나까지 포함시켜 버렸다. 생리 첫날, 내가 생리통 때문에 그토록 괴로워하던 날에 이태양은 제멋대로 나의 한 학기를 망쳐 버렸다. 게다가 나한테는 한 마디 상의도 하지 않았다. 이렇게 중요한 사실을 나는 오늘에서야 알았다.

조회 시간에 담임 선생님이 오늘부터 이번 학기 내내 급식 당번을 신청한 아이들이 반 아이들에게 배식을 해

준다는 말을 했을 때도 나하고는 전혀 상관없는 일이라고만 생각했다. 신청한 적도 없는 급식 당번과 내가 대체 무슨 상관이 있겠어? 그런데 나하고는 전혀 상관없어야 할 우리 반 급식 당번 다섯 명 중에 내가 있었다. 너무 놀라 나는 벌어진 입을 다물 수조차 없었다. 이태양이 "다 내 덕분이다." 생색을 내며 내 옆구리를 쿡, 찔렀을 때야 비로소 나는 사태 파악을 했다. 내가 없는 사이에 이태양이 무슨 엄청난 일을 저질렀는지.

"현정아, 하나만 더어~~~ 빨리~~~"

봉화가 내 앞으로 식판을 들이밀며 콧소리를 냈다. 나는 주위를 두리번거렸다. 봉화 뒤에 줄 서 있는 여자애들이 나를 뚫어져라 쳐다봤다. 정확히 말하자면 내가 집게로 집고 있는 돈가스를.

지금 내가 봉화한테 돈가스 한 조각을 더 집어 준다면?

명랑이는? 미애는? 줄 서서 차례를 기다리는 애들은?

누구는 주고 누구는 안 준다고 여기저기서 불만의 목소리가 터져 나올 게 뻔했다.

나는 가능한 봉화 마음을 상하지 않게 하려고 애쓰면서 살짝 고개를 저었다. 봉화는 쳇, 소리를 내며 빠르게 내 앞을 지나갔다.

겨우 돈가스 한 조각 더 주지 않았다고 저렇게 찬바람이 쌩쌩 불다니…… 이태양 때문에 내가 왜 이런 일을 당해야 하는 거야? 오늘부터 점심시간마다 이따위 급식 당번을 해야 하는 거야? 그것도 한 학기 내내?

빠르게 멀어져 가는 봉화의 뒷모습을 보자 집게를 쥔 손에서 힘이 빠져나갔다. 그런데도 반 아이들이 돈가스를 받기 위해 내 앞으로 식판을 내밀 때마다 나는 억지로 미소를 지어야 했다.

"야! 하나만 더 줘."

영웅이 내 앞에 버티고 서서 움직이지 않았다. 나는 못 들은 척했다. 집게를 꼭 쥔 채 돈가스만 내려다봤다. 그런데도 영웅은 움직이지 않았다. 영웅이 뒤에 서 있던 애들이 빨리 좀 움직이라며 투덜거리기 시작했다.

과연 내가 황영웅을 이길 수 있을까? 영웅이와는 말

한마디 나눠 보지 못했지만, 급식에 목숨 건 아이라는 사실은 아주, 아주 잘 알고 있다. 영웅이로 말할 것 같으면, 새 학기 첫날 자리 배정을 받자마자 교실 뒷문 옆자리에 앉은 아이에게 오천 원을 주면서 자리를 바꾼 애다. 점심시간에 가장 먼저 급식실로 달려가겠다는 이유만으로 말이다. 그 뒤로 영웅은 교실 뒷문을 한 뼘 정도 열어 놓고는 점심시간 5분 전부터 오른쪽 발을 책상 밖으로 내놓고 있었다. 점심시간에 그 누구보다도 빨리 급식실로 달려가겠다고.

그런 애를 내가 과연 이길 수 있을까?

나는 영웅이와 그 뒤로 식판을 든 채 길게 줄지어 서 있는 아이들을 번갈아 바라봤다. 영웅이는 내가 돈가스 한 조각을 더 주기 전까지는 절대로 포기하지 않을 애다. 뒤에 줄 서 있는 애들이 어떤 불평을 하든지 말든지.

나는 집게를 쥔 손에 잔뜩 힘을 줬다. 돈가스 한 조각을 재빨리 영웅이 식판에 올려놓고는 휙 고개를 돌렸다.

"윤현정! 쟤 뭐야!"

순간, 봉화의 볼멘 목소리가 멀리서 날아와 내 뒤통수를 후려쳤다.

*

드디어 배식이 끝났다. 나는 빠르게 내 몫의 급식을 챙겼다. 식판을 들고 급식실을 두리번거렸다. 급식실 어디에도 미애 무리는 보이지 않았다. 미애나 명랑이라면 몰라도 봉화라면 밥 먹는 내내 잠시도 쉬지 않고 떠들고 있을 텐데…….

나는 어디에선가 봉화 목소리가 들려오지 않을까, 귀를 기울이며 계속해서 급식실을 둘러봤다. 아무리 찾아봐도 미애 무리는 보이지 않았다.

나는 급식실 한쪽 구석에 서서 한 발자국도 움직일 수 없었다. 식판을 든 채 멍하니 밥을 먹으며 재잘거리는 아이들을 바라만 봤다. 급식실을 꽉 메운 아이들, 웃고 떠드는 아이들, 저 많은 아이들 속에 나는 끼어들 수가 없었다. 어디에도 내 자리는 없었다.

어제까지만 해도 미애 무리에 끼여서 나도 함께 급식을 먹었는데…….

어제까지만 해도 내 자리가 있었는데…….

혼자 한쪽 구석에 서 있는 내 모습이 부끄러워졌다. 누군가 내 꼴을 보면서 수군덕거리지는 않을까, 심장이 저렸다. 범죄자가 범죄의 흔적을 지우듯 나는 서둘러 혼자 있는 내 모습을 지웠다. 식판을 들고 우리 반 여자애들이 모여 있는 곳을 향해 걸어갔다.

"학기 초만 되면 그런 애들 꼭 있지 않니? 밥 먹을 친구 없으니까 갑자기 와서 친한 척하는 애들."

"완전 싫어."

앞쪽에서 들려오는 말소리에 나는 식판을 꼭 움켜쥐었다. 다행히 내가 식판을 내려놓기 전이었다. 나는 이미 갈 곳이 정해져 있는 사람처럼 빠르게 그곳을 지나쳤다.

밥 먹을 친구 없으니까 갑자기 와서 친한 척하는 애들……그 말을 한 애의 얼굴은 보지 못했다. 완전 싫어……대꾸하던 아이의 얼굴도 보지 못했다. 보지 못했지만 알 수 있었다. 그 아이들이 말한 애들 중에 나도 한 사람이라는 사실을.

나는 최대한 허리를 꼿꼿이 세웠다. 한 걸음 한 걸음 힘을 주며 빈자리로 걸어갔다. 발로 걷어차는 듯한 통증에 허리가 끊어질 듯 아파왔다. 끔찍하다 못해 지긋지긋한 생리통이 다시 내 온몸을 휘감기 시작했다. 나는 휘청거리는 모습을 들키지 않으려고 부러 더 턱을 치켜세웠다.

급식실 창가 쪽에 다행히 빈자리가 보였다. 나는 흡, 숨을 들이마시며 식판을 내려놨다.

밥 먹을 친구 없으니까 갑자기 와서 친한 척하는 애들……완전 싫어…….

나를 과녁 삼아 화살을 날린 아이들, 나를 거부한 아이들을, 나도 등졌다. 무리를 등지고 앉아 나는 숟가락을 들었다.

다른 애들 눈에는 내가 대체 어떻게 보일까?

남자애들은 혼자 밥 먹는 나를 보며 무슨 생각을 할까?

'왕따'라고 생각하지는 않을까?

떨쳐내려고 하면 할수록 자꾸만 와서 달라붙는 모기 떼처럼 계속해서 등짝에 달라붙는 부끄러움을 애써 외면하며 나는 식어 버린 밥을 꾸역꾸역 입속으로 밀어 넣었다. 혼자라는 초라함을 들키고 싶지 않아 숟가락을 내려놓고 빠르게 젓가락을 바꿔 쥐었다.

소스를 찍지 않은 돈가스는 아무 맛도 없었다.

*

"나 같은 짝이 어디 있냐?"

나한테 하는 말인가? 누군가의 말소리에 나는 고개를 들었다. 그런데 뭐지? 내 앞자리에 이태양이 와 있는 게 아닌가! 이태양은 나한테 묻지도 않고 식판을 내려놓더니 제멋대로 내 식판 위에 돈가스를 수북이 올려놨다. 아니, 던졌다. 축구 골대에 축구공 넣듯이. 그러고는 태연하게 밥을 먹기 시작했다. 누가 보면 이태양이랑 나랑 항상 같이 점심을 먹는다고 생각할 만큼 자연스럽게.

"윤현정, 넌 진짜 짝 하나는 잘 만난 줄 알아. 내가 너 급식 당번 안 시켜 줬으면 돈가스를 이렇게 많이 먹을 수 있어? 아까 봤지? 돈가스 하나 더 달라고 애들 난리 치는 거. 우와, 노동 후에 먹는 돈가스의 맛! 죽인다, 진짜!"

이태양은 급식하고 남은 돈가스를 죄다 긁어 와서는 냠냠 쩝쩝 게걸스럽게도 먹어 댔다. 게다가 생색까지!

"현정이 네가 잘 모르는 것 같아서 내가 얘기하는데, 너 양호실 간 날 서로 급식 당번하겠다고 난리도 아니었어. 남자애들은 생각하는 게 다 똑같아. 급식 당번을 왜 하겠냐? 봉사활동 점수 몇 점 더 받으려고 급식 당번한다는 녀석 없어. 바로 요런 것 때문이지. 급식 남은 건 다 급식 당번 차지거든. 그날 내가 너 급식 당번 시켜 주려고 남자애들이랑 얼마나 싸웠는 줄 알아? 뭐, 내가 너한테 꼭 고맙다는 말을 들으려고 이런 얘기 하는 건 아니고. 그래도 나 아니었으면 네가 어떻게 급식 당번을 했겠냐? 그 치열한 경쟁을 뚫고 말이지. 나 아니었으면 이 많은 돈가스를 네가 어떻게 먹어? 안 그래?"

이태양이 테이블 너머에서 나를 건너다보며 어깨를 으쓱거렸다.

뭐야? 지금 나한테 고맙다는 말을 하라는 거야?

누가 급식 당번을 시켜 달라고 했어?

누가 돈가스 더 먹는다고 했어?

치밀어 오르는 말을 집어삼키려고 나는 빠르게 숟가락질을 했다. 식판에 시선을 고정한 채 밥만 먹었다. 이태양이 내 몫이라면서 내 식판 위에 올려놓은 돈가스는 손도 대지 않았다.

"와우!"

갑자기 머리 위로 검은 그림자가 생기는가 싶더니, 영웅이 내 옆자리에 와서 앉았다. 빛의 속도로 내 식판에 있던 돈가스를 집어 갔다. 내가 뭐라고 하기도 전에 제 입속에 돈가스를 집어넣고는 씹지도 않고 삼켰다. 그러고도 성에 안 차는지 재빠르게 또 다른 돈가스에 포크를 꽂았다.

"뭐야, 너!"

이태양이 벌떡 일어나 영웅이 포크를 뺏었다.

"나도 좀 먹자. 친구 좋다는 게 뭐야? 응? 응? 응?"

황영웅. 우리 반에서 제일 키가 크고 체격이 좋은 영
웅이 이태양에게 애교를 부리기 시작했다. 기가 찼다.
180센티미터는 족히 넘을 장신의 남자아이가 겨우 돈
가스 때문에 어깨를 흔들며 콧소리를 내다니!

입맛이 싹 가셨다.

나는 숟가락을 탁, 소리가 나게 테이블 위에 내려놨
다. 그리고 내 식판 위에 남아 있던 돈가스를 전부 다
영웅이 식판에 덜었다.

"앗싸!"

이제 영웅이는 이태양에게서 내게로 홱 몸을 돌리고
는 나한테 콧소리를 내기 시작했다.

"우리 현정이는 어쩜 이렇게 착하니."

영웅이 콧소리를 내며 포크로 돈가스를 찍을 때마다
내 심장도 덩달아 벌렁거렸다. 덩치 큰 사내아이의 애

교가 너무 낯설고 징그러워서.

"야, 야, 작작해라, 작작해. 현정이 돈가스는 빨리 돌려주고 차라리 내 걸 먹어."

이태양이 영웅이 식판에 있던 돈가스를 다시 내 식판으로 옮기기 시작했다. 테이블 건너편에서 영웅과 내가 앉아 있는 쪽으로 팔을 길게 뻗느라 이태양의 몸은 어느새 내 쪽으로 잔뜩 기울어졌다.

"어머머, 뭐야! 윤현정, 진짜 웃긴다."

귀에 익은 목소리가 내 뒤통수를 후려쳤다. 깜짝 놀라 뒤돌아보니 봉화가 빈 식판을 든 채 나를 째려보고 있었다. 그 옆으로 미애와 명랑이까지 놀라 입을 벌린 채 영웅이 식판에서 내 식판으로 열심히 돈가스를 옮기고 있는 이태양을 쳐다보고 있었다.

*

미애 무리가 무슨 오해를 하고 있는지, 나는 도저히

알 수 없었다. 봉화가 나를 빤히 쳐다보면서 미애에게 귓속말을 했다. 무슨 말을 했는지는 모르지만, 분명히 알 수 있었다. 내 얘기를 하고 있다는 건.

"설마!"

미애 입에서 큰 소리가 터져 나왔다.

"설마가 아니라니까! 너희도 아까 봤잖아? 내가 돈가스 하나 더 달라고 했을 땐 안 줬지? 그런데 황영웅이 달라고 했더니 어떻게 했어? 급식 당번도 그래서 한 거라니까!"

봉화가 나를 턱으로 가리켰다.

"설마!"

이제는 명랑이까지 나를 의심의 눈초리로 쳐다봤다.

설마라니? 대체 봉화가 무슨 말을 한 거야? 평상시에 나를 챙겨 주던 명랑이까지 나를 못마땅하게 쳐다보다니!

나는 미애 무리에게서 눈을 뗄 수가 없었다. 봉화나 미애뿐만 아니라 명랑이까지 불만이 가득한 표정으로 나를 쳐다보자 몸에서 힘이 빠져나가는 듯했다. 내가 무슨 커다란 잘못이라도 저지른 것만 같아 불안했다.

"야! 현정이 거 먹지 말랬지?"

이태양이 영웅이 손등을 딱, 소리가 나게 때렸다. 깜짝 놀라 쳐다봤더니, 영웅이 내 식판에 있는 돈가스를 몰래 집어먹고 있었다.

"아무나 먹으면 좀 어때? 현정인 먹지도 안잖아?"

영웅은 입속에 있는 돈가스를 씹지도 않고 꿀꺽, 삼키더니 내 식판에 남아 있는 돈가스를 자기 것처럼 집어먹기 시작했다. 영웅이 내 식판에 있는 돈가스에 포크를 찍어 댈 때마다 이태양은 "야! 현정이 거 먹지 말라고!" 소리를 지르며 영웅의 손등을 때렸다.

"봤지? 이태양이 하는 말 들었지?"

등 뒤에서 또 봉화 목소리가 들렸다.

"이태양이 윤현정을 왜 챙겨? 너무 이상하지 않아?"

계속해서 이어지는 봉화의 말에 내 얼굴이 화끈 달아올랐다.

설마 지금 이태양이 나를 좋아한다는 거야?

이봉화, 네가 지금 내 등 뒤에서 나 들으라는 듯이 하고 있는 얘기가 바로 그거였니?

나는 쾅, 소리가 나게 숟가락을 내려놨다. 여기 더 앉아 있다가는 무슨 말을 더 할지, 상상조차 하기 싫었다. 식판을 꽉 움켜쥐고 일어나 허리를 꼿꼿하게 세우고 이태양을 노려봤다. 영웅이도 노려봤다. 영웅은 내가 노려보는데도 내 기분 따위는 전혀 상관하지 않고 돈가스에만 관심을 보였다.

"현정이 너, 다 먹은 거야? 남은 건 다 나 줘라. 응?"

영웅이 나를 올려다보며 콧소리를 냈다. 정말이지 못 말리는 영웅이었다. 나는 대꾸도 하기 싫어서 식판에 남아 있는 돈가스를 영웅이 식판에 전부 쏟아부었다.

"봤지? 윤현정이 저런 애야. 여자애들한테는 한 조각도 더 안 주더니!"

그 순간, 봉화가 내 뒤통수를 향해 뾰족하게 간 말의 화살을 날렸다. 나를 과녁 삼은 화살에 맞아 나는 휘청거렸다. 다리에 힘이 풀려 털썩, 자리에 주저앉고 말았다.

제6장 여전히 넷째 날

친구는 왜 있는 걸까? 힘들 때 위로받을 수 있고, 기쁠 때 기쁨을 함께 나눌 수 있고, 남이 내 흉을 보면 내 편을 들어줄 수 있고……그러니까 친구는 꼭 있어야 한다지만 지금의 나한테는? 지금 내게 친구라고 부를 만한 아이가 있기는 한 걸까? 생리통 때문에 너무 힘들다는 말조차 할 수 없고, 내 편을 들어주기는커녕 남보다 먼저 내 흉을 보는 아이들을 과연 친구라고 부를 수 있을까?

혼자 집으로 돌아오는 내내 점심시간에 있었던 일들

이 자꾸만 떠올랐다. 돈가스 한 조각 더 주지 않았다는 이유로 다시는 안 볼 것처럼 휙 등을 돌리고 가버린 봉화, 봉화가 현정이는 남자애들한테만 잘 보이려고 한다는 식의 얘기를 꺼냈을 때 설마 하며 의심의 눈초리로 나를 쳐다보던 미애와 명랑이.

그 애들은 대체 나를 어떻게 생각하는 걸까? 나는 중학교에 올라와 새 친구를 사귀었다고 좋아했는데, 그애들에게 나는 그냥 어쩌다 보니 며칠 어울리게 된 아이 정도였을까? 미애 무리 중 한 명이라도 나를 친구, 아니 자기네 무리라고 생각했다면, 나만 빼고 자기네끼리만 운동장에 나가 버리지는 않았겠지?

생각이 거기까지 미치자 울컥, 눈물이 났다.

그래, 맞아. 만약 미애가 급식 당번이었다면 봉화나 명랑이나 누구 한 명은 기다렸다가 같이 나가자고 했을 거야. 식판 들고 운동장에 나가서 급식을 먹을 거라는 얘기도 나한테는 아무도 안 했었잖아?

신호등에 초록불이 켜졌지만 나는 움직일 수 없었다.

내 자신이 너무 한심했다. 쉬는 시간마다 같이 모여서 떠들고, 미애가 봉화나 명랑이한테 준 것과 똑같은 라면을 나한테도 줬다는 이유만으로 나도 같은 편이라고 생각했다니! 나 혼자만의 착각이었다!

　나는 손등으로 눈물을 거칠게 훔쳐 닦았다. 신호등의 초록불이 빨간불로 바뀌었다가 다시 초록불로 바뀌자마자 전속력으로 앞을 향해 내달렸다. 그렇게라도 하지 않으면 어린애처럼 길거리에 주저앉아 엉엉 울어 버릴 것만 같아서 달리고 또 달렸다. 숨이 차올라 가슴이 터질 것처럼 달리는 내내 머릿속엔 온통 한 가지 생각뿐이었다. 빨리 집으로 돌아가 방문을 걸어 잠그고 이불을 뒤집어쓰고 싶다는 생각, 커다란 이불로 한심한 나를 꽁꽁 덮어버리고 싶다는 생각만.

*

　방문을 잠갔다. 베개를 집어 던지고 이불을 덮었다.

머리끝까지.

아빠, 엄마는 아직 퇴근하지 않았고 불 켜지 않은 방에 고요가 내려앉았다. 창문 밖에서 어린아이들의 웃음소리가 들려왔다. 집 앞 놀이터에서 놀고 있는 아이들의 웃음소리에는 어떤 걱정도 섞여 있지 않아 내 방에 고인 어둠과 고요를 더욱더 짙게 만들었다. 이불을 머리끝까지 뒤집어쓰고 아이들의 경쾌한 웃음소리를 듣고 있자니, 어쩐지 나만 혼자 외진 곳에 버려진 것만 같았다.

어렸을 때도 가끔 이럴 때가 있었다. 놀이터에서 놀고 있다가도 친구들은 오빠나 언니가 부르러 오면 얼른 따라갔다. 나만 혼자 놀이터에 남겨진 채 갑자기 비어버린 시소의 맞은편 자리를 바라볼 때면 가슴 한편에 커다란 구멍이 뚫린 것만 같았다. 갑자기 내린 비에 교실 창밖을 바라보며 집에 어떻게 가냐, 함께 걱정하던 친구들은 우산을 들고 마중 나온 오빠나 언니를 따라가고, 나만 혼자 남아 무섭게 떨어져 내리는 빗줄기를 바라볼 뿐이었다. 가슴 한구석에 뚫려 있는 커다란 구멍

속으로 찬바람이 불어 닥치는 것만 같아 한여름에도 오들오들 떨곤 했다.

집에 혼자 있는데다 생리통까지 겹쳐서 그런 걸까.

외딴 섬에 혼자 있는 것 같은 느낌이 어쩐지 다른 때보다 더 심하게 마음을 짓눌렀다. 눈에 보이지 않는 굵은 선이 있고, 그 굵은 선 안에 있는 아이들이 선 밖에서 있는 나를 비웃으며 손가락질을 하는 듯했다. 생리를 시작하던 첫날부터 오늘까지, 학교에서 있었던 일들이며 미애 무리가 내게 했던 말들이 떠올라 나를 점점 더 선 밖으로 밀어냈다.

"그러게 내가 뭐랬어? 괜히 걱정했잖아.", "쟤 벌써 혼자 매점 갔다 온 거야?", "야야, 시간 없어 빨리 가." 등등. 이태양이 매점에서 내게 크림빵을 사다줬던 날, 미애 무리는 교실 문을 빠져나가자마자 아무렇지 않게 내 얘기를 했다.

"어머머, 뭐야! 윤현정, 진짜 웃긴다."

"설마가 아니라니까! 너희도 아까 봤잖아? 내가 돈가

스 하나 더 달라고 했을 땐 안 줬지? 그런데 황영웅이 달라고 했더니 어떻게 했어? 급식 당번도 그래서 한 거라니까!"

오늘 급식실에서도 미애 무리는 내가 어떤 상황이었는지 전혀 알지도 못하면서 나를 이상한 사람으로 몰아갔다. 자기네끼리만 운동장으로 식판을 들고 나가 급식을 먹고 왔으면서도 나한테는 미안하다는 말 한 마디 하지 않았다. 내가 듣거나 말거나 상관없다는 듯이 나를 똑바로 쳐다보며 내 얘기를 했다.

그런데도 종례가 끝나자마자 명랑이가 내게 다가와 물었다. 학교 끝나고 화장품을 사러 갈 건데 현정이 너도 같이 가자고. 미애는 자리에 앉아 있었고 봉화는 미애 옆에 서서 내가 뭐라고 대답하는지 지켜봤다.

나는 우물쭈물했다. 점심시간, 내 등 뒤에서 내 얘기를 안 좋게 하던 아이들, 이 아이들이 대체 왜 내게 화장품 가게에 같이 가자고 하는 걸까? 아주 잠깐이었지만 수많은 생각이 들었다. 어떻게 해야 하지? 내가 대답을 못하고 망설이자 자리에 앉아 있던 미애가 기다렸다는 듯이 "억지로 갈 필요는 없어."라고 딱 잘라 말했다. 미애가 가방을 어깨에 멨고 그 뒤를 봉화와 명랑이가 따라 나갔다. 미애 무리는 내가 일어나 뒤쫓아 갈수도 없을 만큼 서둘러 운동장을 가로질러 교문을 빠져나갔다.

화장품 가게에 같이 가자는 말도 결국은 그냥 해 본 말이었을 뿐이야.

어쩐지 몸이 으스스 떨려 왔다. 허리에서부터 엉덩이와 꼬리뼈까지 둔중한 통증이 퍼지기 시작했다. 나는 옆으로 누워 무릎을 가슴 안쪽으로 끌어당겼다. 새우처럼 등을 말고 이불로 몸을 칭칭 감았다.

내일 학교에 가면 아무 일도 없었다는 듯이 미애 무리에 섞여 수다를 떨어야 하는 걸까?

마음속으로는 아이들이 대체 무슨 생각을 하는지, 내가 없을 때 내 험담을 한 건 아닌지, 불안해 미칠 것 같으면서도 시시껄렁한 이야기나 주고받아야 하는 걸까?

앞으로의 일을 생각한다면, 언제 그랬냐는 듯이 미애 무리에게서 떨어져 나와 이제라도 다른 친구를 사귀어야 하는 건 아닐까?

아니, 친구를 꼭 사귀어야만 하는 걸까?

여러 갈래로 뻗어나가는 안 좋은 생각들 때문인지 이제는 극심한 통증이 엉덩이 꼬리뼈에서 허벅지 안쪽까지 뻗어 내려왔다. 머리끝까지 뒤집어쓰고 있던 이불을 거칠게 밀어냈다. 진통제를 먹기 위해 일어나 앉았는데 책상 위에 올려놓은 핸드폰이 어둠 속에서 혼자 반짝이고 있었다. 나를 향해 계속해서 깜빡깜빡, 신호를 보내왔다.

이태양에게서 온 메시지였다.

이태양　　내일이 도덕 수행 평가잖아.

이런 기분에 수행 평가 준비를 해야 한다고?

이태양이 보낸 톡을 확인하자마자 가슴이 답답해져 왔

다. 이런 기분으로는 도저히 이태양과 수행 평가 같은 건 준비할 수 없었다. 게다가 남녀 차이에 관한 주제라니!

> 그래서? **나**

짧게 답했다.

이태양
그래서? 야, 너 진짜 대책 없다. 당장 필기도구 챙겨서 우리 아파트 공원으로 와. 한강 시민 공원 주차장 알지? 주차장 맞은편에 있는 보람아파트야.

> 뭐? 내가 거길 왜 가? **나**

이태양 30분 내로 튀어와! 기다린다!

이태양은 완전 제멋대로였다. 우리 아파트? 보람아

파트? 내가 그 녀석 사는 아파트까지 가야 해? 30분 내로 튀어 오라고?

나는 발끈해서 핸드폰을 침대 위에 내던졌다.

절대로 가지 않을 거야.

신경 쓰지 않으려고 했지만 자꾸만 핸드폰에 시선이 갔다. 핸드폰 액정화면의 시계가 5시에서 5시 10분으로 변하자 어느새 벌떡 일어나 장롱 문을 열었다.

대체 뭘 입고 나가야 되는 거야?

*

이태양네 아파트는 나도 잘 안다. 주말에 부모님과 한강 시민 공원에서 저녁 산책을 하고 돌아올 때면 가끔 가까이 있는 보람아파트 상가에 들러 저녁 대신 떡볶이를 먹곤 한다. 잘 아는 곳인데, 우리 집에서 그리 멀지 않은 곳인데, 이상하게도 보람아파트까지 가는 길이 오늘따라 멀게만 느껴졌다.

이태양이 누군가? 학교에 올 때도 노랗게 염색한 머리에 꼭 달라붙게 줄인 교복 바지를 입고 다니는 애다. 남자라면 절대로 선택하지 않을 징 박힌 빨간 가방에 은색구슬이 달린 팔찌까지 차고 다니는 애다. 학교에 올 때도 튀지 못해 안달이 난 애가 학교 밖에선 대체 어떻게 하고 다닐까?

내 부족한 상상력으로는 도저히 이태양이 어떤 옷차림으로 나타날지 짐작조차 할 수 없었다. 집에서 나오기 전, 옷장 문을 열고 입을 만한 옷이 없을까, 서랍까지 뒤져 봤지만 적당한 것이 없었다. "하긴 뭐, 이태양과 수준을 맞출 만한 옷 같은 걸 갖고 있는 애가 대체 몇 명이나 되겠어?" 혀를 내두르다 결국 교복을 입고 나왔다.

그렇지만 막상 보람아파트 정문이 보이자마자 교복 차림이 자꾸 신경 쓰였다. 보나마나 이태양은 멀리서도 눈에 확 튀는 옷을 입고 나올 텐데, 그 옆에 교복을 입고 앉아 있어야만 된다니!

"행복이 너, 거기 안 서!"

이태양 목소리였다. 놀이터 미끄럼틀 주변을 빙글빙
글 돌고 있었다.

"이 녀석이 진짜! 네가 그렇단 말이지. 그럼 아주 특
별한 맛을 보여 주지."

누구랑 얘기를 하는 건지, 이태양은 멀리서도 들릴
만큼 큰 소리로 얘기하다 갑자기 미끄럼틀 앞에 털썩
엉덩이를 내려놨다. 뒤이어 보조가방에서 뭔가를 꺼냈
다. 이태양이 뭘 하나 궁금했다. 발걸음이 빨라졌다.

"크크크. 행복이 네가 안 오고는 못 배기지."

이태양은 내가 옆에 온 줄도 모르고 혼잣말을 계속
해대며 바닥에 신문지를 깔더니 그 위에 뼈다귀 모양의
강아지 간식을 내려놨다. 대체 뭐지? 내가 고개를 갸웃
거리는데 미끄럼틀 아래에서 하얀 털북숭이 강아지가
불쑥 나타났다.

"어머!"

나도 모르게 탄성이 새어 나왔다.

"행복이 네가 그러면 그렇지."

이태양은 털북숭이 강아지가 간식을 입에 물자마자 번쩍 안아 올렸다. 갑자기 하늘로 붕 들어 올려진 강아지는 이태양 품에 안긴 채 간식을 씹어 댔다. 작은 입을 오물거리는 모습이 정말 예뻤다.

"너무 귀엽다. 이 강아지 종이 뭐야?"

"귀엽지? 네가 봐도 귀엽지? 혹시 들어는 봤냐? 스피츠라고? 이 녀석이 몸집은 이렇게 작아도 굉장한 능력을 갖춘 놈이야. 우리 집에 행복을 가져왔거든."

이태양이 호들갑을 떨며 강아지 자랑을 늘어놓기 시작했다. 이 녀석이 집에 온 첫날, 행복이 집 안으로 쑥 들어오는 것만 같아서 이름을 행복이라고 정했다면서 내가 묻지도 않은 말을 하기 시작했다.

"내 멋대로 우리 아파트로 오라고 해서 미안. 행복이 산책시키는 시간이라서 어쩔 수가 없었어. 실은 부모님이 동대문 시장에서 옷 장사하시거든. 새벽에 나가시니까 나도 아침엔 아빠, 엄마 얼굴 본 적이 없어. 큰 누나나 작은 누나라도 행복이 산책을 좀 시켜 주면 좋겠는데 큰 누나는 매일 옷 만든다고 바쁘고, 작은 누나는 손톱, 발톱에 젤 네일 바를 시간은 있어도 우리 행복이 산책시킬 시간은 없대, 참나. 나 아니면 우리 행복이는 산책 한 번 못한다니까!"

이태양 입에서 '젤 네일'이라는 단어가 튀어나왔다. '손톱에 매니큐어를 바른다'라고 하면 모를까, 남자애가 젤 네일이라는 단어를 안다는 사실이 나한테는 무척이나 신기하게 느껴졌다.

"젤 네일? 넌 남자애가 어떻게 젤 네일이라는 단어까지 알아?"

내 말에 이태양은 아주 지긋지긋하다는 표정으로 혀를 내둘렀다.

"우리 작은 누나 꿈이 네일 아티스트잖냐. 책상에 책 대신 네일케어 제품이랑 도구들만 잔뜩 쌓여 있다니까. 고등학생이 된 뒤로는 아예 실전 경험을 쌓아야 된다면서 매일 내 손톱, 발톱에 실습을 하고 있다니까. 나도 손톱, 발톱이랑 관련된 단어 같은 거 진짜 알고 싶지 않은데 작은 누나 때문에 몰라도 되는 것들을 잔뜩 알게 된다니까! 아무튼 내 손톱, 발톱은 내 게 아니야. 작은 누나 거야. 작은 누나만 그런 줄 아냐? 우리 큰 누나는 의상학과 1학년인데, 나를 아예 마네킹으로 쓰고 있다니까! 큰 누나 때문에 이상해도 너무! 너무! 이상한 옷들을 많이 입어서 그런지 나도 이젠 눈에 팍팍 튀는 옷이 아니면 아예 입기가 싫다니까! 이거 뭐지? 현정이 너한테 얘기하다 보니까 나 진짜 뭐냐? 내 몸이 내 것이 아니잖아! 어휴, 열 받아! 그러면서 행복이 산책까지 나한테 시키는 거야?"

이태양은 갑자기 말하다 말고 열이 받는지 "으아아!" 괴성을 내질렀다. 이태양 품에 안겨 있던 행복이가 귀를 쫑긋거리더니 이태양 턱이며 입술을 혀로 핥기 시작했다.

"그만! 간지럽다니까! 우리 행복이가 형아 화났다고 달래 주는 거야? 알았어, 알았다고!"

이태양이 쪽쪽 소리가 날 정도로 행복이 입에 입을

맞춰 댔다. 딸 바보인 우리 아빠를 보는 듯했다.

"나 아니면 우리 행복이 산책을 누가 시켜 주겠냐? 내가 다른 건 못해도 우리 행복이랑 하루 한 시간은 꼭 놀아 주기로 했거든. 일주일에 한 번은 꼭 우리 행복이한테 맛있는 간식도 사 주고. 어른들은 성공해야 행복하게 산다지만, 지금 내 옆에 있는 행복은 우리 행복이잖아? 그러니까 우리 행복이랑 하루 한 번은 꼭 놀아 줘야지. 행복아! 사랑해!"

이태양은 행복이를 꼭 끌어안았다. 행복이 얼굴에 볼을 비비며 나직하게 몇 번이나 "사랑해."라고 속삭였다.

지금 내 앞에 있는 애가 정말 내가 아는 이태양이 맞나?

학교에서와는 너무 다른 이태양의 모습에 나는 깜짝 놀랐다. 이태양과 행복이한테서 눈을 뗄 수 없었다. 다른 건 못해도 행복이랑 하루 한 시간은 꼭 놀아 주고 싶다고, 일주일에 한 번은 꼭 행복이한테 맛있는 간식을 사 주고 싶다고 말하는 이태양의 말에 나는 충격을 받았다. 이태양이 마치 내 속마음을 읽기라도 한 것만 같았다.

며칠 전 사회 선생님이 '중학생의 마음가짐'이라는 제목으로 산문을 쓰라고 했을 때, 난 아파서 양호실에 누워 있어야만 했다. 양호실에 누워 우리 반 아이들은 과연 어떤 글을 쓰고 있을까? "일주일에 한 번은 좋아하는 맛집 찾아다니기, 하루에 세 번은 좋아하는 노래 부르기, 하루에 한 번 밤하늘의 별을 쳐다보기, 일주일에 두 번은 가족에게 사랑한다고 꼭 말하기, 하루에 삼십 분은 지금 내 옆에 있는 사람의 이야기에 귀 기울이기……"라는 글을 쓰는 아이는 아무도 없을 거라고 생각했었다.

그런데 나와 똑같은 생각을 하는 애가 지금 내 앞에 있었다. 그런데 그 사람이 바로 이태양이라니!

문득, 이태양이 쓴 '중학생의 마음가짐'은 어떤 글일까, 궁금해졌다.

"야! 우리 행복이가 그렇게 예쁘냐? 아예 넋이 나갔네, 넋이 나갔어. 내가 진짜 우리 행복이를 아무한테나 만지게 하고 그러지 않는데, 한 번 안아 봐."

이태양이 내 손을 끌어당겼다. 내 손을 행복이 등 위에 올려놓고는 가만가만 행복이 등을 쓰다듬게 했다. 내 손을 꽉 쥐고 있는 이태양의 손바닥은 담요처럼 따듯했고, 내 손바닥 밑에 와 닿는 행복이의 털은 너무 부드러웠다. 내 얼굴이 잔뜩 달아오른 건 그래서였을 거다. 분명히. 다른 이유 같은 건 없었다.

이태양이 쥐고 있던 내 손을 놓고 행복이를 내 품에 안게 했을 때, 나는 얼른 고개를 숙였다. 내 품 안에서 버둥거리는 행복이를 떨어뜨리지 않기 위해서였다. 절대로 달아오른 내 얼굴을 이태양한테 들킬까 봐 그런 건 아니었다. 나는 이태양의 시선을 피하며 벤치에 가서 앉았다.

"진짜 너무 예쁘다."

무릎 위에서 꼬물거리는 작은 생명을 쓰다듬자마자 걱정이나 불안 같은 건 비집고 들어올 틈도 없을 만큼 행복하다는 느낌이 들었다.

그런데 갑자기…….

"앗!"

이태양이 화들짝 놀라며 행복이를 들어 올렸다. 어쩔
줄 몰라 하며 내 교복치마를 내려다봤다.

빨간 피가 묻어 있었다. 내 교복 치마 한가운데에.

*

행복이 피였다. 행복이는 내 교복 치마 한가운데에
빨간 피로 선명한 얼룩을 만들어 놓고도 전혀 아랑곳하
지 않았다. 뭐가 그렇게 기분 좋은지, 이태양 품에 안겨
혀를 날름 거렸다.

"미안. 이걸로 좀 닦을래? 미안해서 어쩌냐……."

이태양이 가방에서 물티슈를 꺼내 건네줬다. 내가 물
티슈로 교복 치마에 묻은 행복이 피를 닦아 내는 동안
에도 이태양은 계속 머리를 긁적거리며 미안해서 어쩔
줄 몰라 했다.

학교에서는 어떤 순간에도 당당하던 이태양, 수업 시

간에 똥 때리고 오겠습니다, 라는 말을 아무렇지 않게 내뱉던 이태양, 그런 이태양이 이토록 당황해하다니!

이태양의 뜻밖에 모습에 나는 싫은 소리조차 할 수 없었다.

"우리 행복이가 지금 생리 중이거든. 첫 생리 때는 기저귀를 채웠었는데 강아지를 오래 키워 본 사람들이 그러더라고. 개들은 영리해서 생리를 해도 가만히 놔두면 알아서 뒤처리를 다 한대. 그런데 어렸을 때 기저귀를 채워 버릇하면 커서도 아예 뒤처리를 못하게 된다잖아. 자연스럽게 놔두면 저절로 다 알게 되고, 저절로 배우게 되는 건가 봐. 이번이 두 번째 생리인데 기저귀를 안 채웠더니 처음이라 잘 모르나 봐. 내가 더 닦아 볼까?"

이태양은 내 교복치마에 묻은 얼룩이 잘 지워지지 않자 물티슈 한 장을 더 꺼냈다. 곧이어 내 옆에 바짝 붙어 앉더니 내 교복치마를 닦으려고 했다. 나는 깜짝 놀라 이태양 손등을 탁, 소리가 나게 때렸다.

"관둬. 어차피 오늘 빨려고 했던 거야."

"그래? 다행이다. 빨면 없어질 거야. 지난 번 우리 행복이 생리할 때도 보니까 빨면 다 지워지더라고. 이 녀석 지난번에 첫 생리할 때 완전 장난 아니었다니까. 내 교복이며 이불이며 거실 소파까지 피를 묻혔다니까. 우리 누나들은 자기네들도 생리하면서 행복이가 피 흘리고 다니니까 완전 싫어하는 거 있지? 내가 이 녀석 쫓아다니면서 피 닦느라고 얼마나 고생을 했는지 알아?"

이태양은 정말 아무렇지도 않은 것 같았다. 그렇지만 나는 이태양 입에서 '생리'라는 단어가 튀어나올 때마다 얼굴이 화끈거렸다. 떠올리고 싶지 않았지만 이태양이 걸레를 들고 행복이를 쫓아다니며 행복이가 흘린 피를 닦아 내는 모습이 자꾸 상상됐다.

아무리 강아지와 관련된 이야기라지만 여자인 내 앞에서 생리 이야기를 하다니!

나는 가져온 필기도구를 꺼내 무릎 위에 올려놨다. 어떻게든 빨리 화제를 바꿔야지, 그렇지 않으면 무신경한 이태양은 언제까지고 생리 이야기를 해댈 것 같았다.

"그런데 여자들은 생리 때만 되면 진짜 그렇게 아프냐?"

이태양이 내 눈을 빤히 들여다보면서 물었다. 품에 안고 있던 행복이를 내 옆에 앉혀 놓고는 진지하게 내 대답을 기다렸다.

설마⋯⋯지금 내 얘기를 하는 거야? 혹시 이태양이 요 며칠 내가 생리통 때문에 힘들어하는 걸 알고 있는 건 아니겠지?

"뭐, 생리통이 심한 여자들도 있고, 그렇지 않은 여자들도 있지. 사람마다 달라."

나는 부러 아무렇지 않은 척 대답했다.

"그래? 사람마다 다르단 말이지⋯⋯그런데 왜 우리 집안 여자들은 다들 생리 때만 되면 아프다고 난리인 줄 모르겠단 말이야. 엄마에 큰 누나에 작은 누나까지 생리만 시작했다하면 아프다면서 나한테 온갖 집안일은 다 시킨다고. 생리대 심부름까지 날 시킨다니까!"

"진짜? 누나들 생리대를 네가 사다 준다고?"

말도 안 돼, 라는 말이 터져 나올 뻔했다. 이태양이 생리대 심부름을 하는 아이였다니. 뒤이어 계속된 이태양의 말은 더욱 충격이었다.

"생리대뿐인 줄 아냐? 밥도 먹여 주지, 허리 통증이 심하다고 하면 찜질팩까지 해 준다니까. 할 수 없지 뭐. 아프다는데 그럼 어떡하겠어? 누나들 많은 집에 사는 남자의 아픔을 안 겪어 본 사람은 진짜 모른다. 야! 내가 두루마리 화장지를 왜 들고 다니는 줄 아냐? 누나들이 화장실에만 들어갔다 하면 나오지를 않으니까 난 아침에 집에서 볼 일도 못 보고 나온다고. 누나들 때문에 집이 아니라 학교에서 큰일을 치러야만 하는 내 고통을 누가 알아주리오!"

이태양은 마치 비극의 주인공이라도 된 것처럼 비장한 얼굴로 하늘을 우러러봤다. 웃기려고 일부러 과장된 말투로 얘기했는데 나는 웃을 수가 없었다. 이태양의 말에 문득 떠오르는 장면이 있었기 때문이다. 생리 첫날, 내가 양호실에 다녀왔을 때 크림빵을 사다준 일이.

그럼 혹시 그날도 이태양은 내가 생리 중이라는 걸

알고 그랬던 건가? 내가 생리통 때문에 아파하는 것 같으니까 크림빵을 사다 준 거야? 설마…… 이태양이 왜?

나는 물음표가 되어 나오는 말을 꾹 참으며 무릎에 펼쳐 놓은 노트를 내려다봤다. 계속 이런 이야기를 하기가 불편했다. 화제를 돌리려는데 이태양이 야, 라고 나를 불렀다.

이태양을 쳐다봤다. 이태양은 나를 빤히 쳐다보며 물었다.

"그런데 넌 날개 달린 생리대 쓰냐, 일자형 생리대 쓰냐?"

"뭐라고? 네가 그걸 왜 알아야 되는데!"

벌떡 일어나 소리쳤다.

"야! 내가 알면 뭐 안 된다는 법이라도 있어? 나한테만 솔직하게 말해 봐. 넌 무슨 생리대 쓰는데? 응? 응?"

이태양은 벤치에 앉은 채로 내 얼굴을 올려다봤다. 능글맞게 웃으며 두 눈을 반짝반짝 빛냈다.

뭐? 솔직하게 너한테만 말해 보라고? 내가 왜 너한테 솔직하게 말해야 되는데? 내가 무슨 생리대를 쓰는지 알면 대체 뭘 할 건데? 우리 반 남자애들을 전부 불러놓고 윤현정은 날개달린 생리대를 쓴단다, 방송이라도 할 거니?

"정말이지 너란 애는!"

나는 홱 등을 돌려서 보람아파트 정문을 향해 뛰었다. 등 뒤에서 이태양이 수행 평가는 어떻게 할 거냐고 소리쳤지만 아무런 대꾸도 하지 않았다.

수행 평가 따위 개나 줘 버리라지.

정말이지 지긋지긋한 이태양!

무신경해도 너무 너무 무신경한 이태양!

*

집에 돌아와서도 화는 풀리지 않았다.

"그런데 넌 날개 달린 생리대 쓰냐, 일자형 생리대 쓰냐?"고 능글맞게 웃으며 장난치듯 물어보던 이태양 얼굴이 자꾸 생각났다. 행복이를 대하는 태도라든가 누나들이 생리통 때문에 아파하면 찜질팩까지 해 준다는 말에 아주 잠깐이지만 이태양을 다르게 봤던 내 자신이 한심하게 느껴졌다. 어쩌면 이태양은 내가 생각한 것처럼 무뚝뚝하거나 무신경한 아이가 아닐지도 모르겠다고, 어쩌면 속으로는 남의 어려운 사정을 잘 헤아려 주는 다정다감한 아이일지도 모르겠다고, 아주 잠깐이지만 이태양에게 설렘을 느꼈던 내 자신이 바보처럼 느껴졌다.

"왜 하필 그런 인간이랑 짝이 된 거냐고! 수행 평가는 또 어쩌라고!"

책상에 앉자마자 더럭 걱정이 됐다. 아무리 아파도 수행 평가는 제대로 해 오라던 도덕 선생님의 퉁명스런 목소리가 귓가를 맴돌았다. 도덕 선생님도 다른 선생님들처럼 내가 꾀병을 부린다고 생각하는 눈치인데 수행 평가 준비까지 안 해 가면 대체 나를 어떻게 생각할까?

지금이라도 이태양한테 다시 전화를 걸어? 전화로 상의하고 각자 따로 발표 준비를 해가야 하나?

핸드폰을 만지작거리는데 카톡방에 새 메시지가 떴
다. 이태양이었다.

> **이태양** 수행 평가 발표 준비는 내가 해갈게. 넌 내일 학
> 교 와서 발표만 해.

이태양이 보낸 톡을 눈으로 보면서도 믿을 수가 없었
다. 뭐라고 답장을 할까, 고민하는데 다시 톡이 왔다.

> **이태양** 급식 당번 상의 안 하고 내 멋대로 해서 미안.

내가 지금 이태양이 보낸 톡을 제대로 읽은 게 맞나?
나는 눈을 크게 뜨고 이태양이 보낸 톡을 몇 번이나 다
시 읽었다.

제7장 **다섯째 날**

　도덕 시간이 시작됐다. 이태양과 나는 '남녀 차이'를
주제로 발표를 하기 위해 교실 앞으로 나갔다.
　"안녕하세요. 이태양……."
　이태양이 내 옆구리를 쿡 찔렀다.
　"윤현정입니다."
　엉겁결에 인사를 하고, 나는 곧 입을 다물었다.
　"저희 조는 발표를 하기 전에 먼저, 남녀가 하는 흔한
오해에 관해 이야기하려 합니다. 남녀가 서로에 대해
어떤 오해를 하는지 알고 나면 남녀 차이에 대해서도

더 분명히 알 수 있지 않을까, 생각했기 때문입니다. 그럼 먼저 제 짝인 윤현정이 남자에 대한 여자들의 흔한 오해에 대해 발표하겠습니다."

이태양은 대본을 외운 것처럼 막힘없이 얘기하더니 내 뒤로 한 걸음 물러났다. 나는 깜짝 놀라 이태양을 쳐다봤지만 이태양은 실실 웃기만 했다.

이럴 수가! 또 나를 속인 거야? 어차피 나는 수행 평가 따위 포기했으니까 태양이 너 혼자 발표를 하라고 했더니, 뭐라고 했었지? 자기가 발표 준비도 다 했고, 파워포인트까지 만들어 왔으니까 현정이 너는 그냥 옆에 서 있기만 하라고 했잖아? 내가 그런 얌체 같은 짓은 하기 싫다고 했더니 이태양 너, 나한테 뭐라 그랬어? 현정이 너는 그냥 서 있다가 파워포인트 슬라이드 보면서 잠깐만 얘기하면 된다며? 내가 먼저 발표를 해야 한다는 말은 하지도 않았잖아? 옆에 서서 거들기만 하는 줄 알았는데 나더러 먼저 발표를 하라고?

이태양이 내 뒤로 물러나자마자 나는 갑자기 어둠 속

에 있다가 불이 환하게 밝혀진 무대 위로 끌려나온 듯
했다.

"푸하하!"

"뭐야, 저게?"

교실 여기저기에서 웃음이 터져 나왔다. 아이들 중에
는 손가락으로 내 뒤를 가리키며 배를 잡고 웃는 애도
있었다. 어제 학교가 끝나고 다 같이 화장품 가게에 간
다더니, 똑같은 색깔의 립밤을 입술에 연하게 펴 바르
고 똑같은 컴퓨터 사인펜으로 아이라인을 그린 미애 무
리도 똑같이 깔깔깔, 웃고 있었다.

대체 뭐지, 뒤돌아봤더니 어느새 이태양이 준비해온
파워포인트의 슬라이드 첫 화면을 스크린 가득 띄워놓
고 있었다.

여자들이 하는 흔한 오해 1

남자들이 쳐다보거나 말을 걸면 다 자기를 좋아하는 줄 안다?

(사례)

한 남자가 길을 가고 있었어요. 두 여성이 앞서 걷고 있었는데 한 여성이 지갑을 떨어뜨린 거예요. 남자는 얼른 지갑을 주웠습니다. 남자가 "저기요!" 하고 불렀더니 두 여성은 슬쩍 뒤를 돌아보더니 피식, 웃지 뭐예요. 그러고는 그냥 가는 겁니다.

남자는 다시 "저기요!" 하고 두 여성을 불렀습니다. 남자가 지갑이라는 말을 꺼내기도 전에 한 여성이 그러는 겁니다.

"저, 남친 있거든요!"

뭐, 뭐야? 지금 나더러 이걸 소리 내어 읽으라는 거야?

"조용히 안 해! 지금 현정이가 발표하잖아. 현정이가 진짜 잘 찾아왔네. 선생님은 팍팍 공감이 가는데? 맞아.

선생님도 아가씨 때는 이런 일 진짜 많았지. 솔직히 선생님 따라다니던 남자들이 한두 명이었어야 말이지. 남자가 말 걸면 다 나를 좋아하는 줄 알았지 뭐. 그런데 알고 봤더니 착각이었더라고. 여자들이 하는 흔한 오해, 다음은 뭘까 진짜 궁금한 걸?"

도덕 선생님은 용기를 주려는 듯 나를 보며 고개를 끄덕거렸다. 나는 살짝 뒤로 물러나 스크린 옆에 가서 섰다. 이태양이 다음 슬라이드 화면을 띄웠다.

겨우 용기를 내서 첫 번째 슬라이드를 읽자 두 번째 슬라이드로 화면이 바뀌었다.

여자들이 하는 흔한 오해 2

남자들은 무조건 날씬한(마른)
여자를 좋아한다?

나는 다시 다음 슬라이드 화면의 글을 소리 내어 읽

었다. 내가 읽으면서도 속으로는 '진짜? 남자는 무조건 날씬한 여자를 좋아하는 거 아니야?'라고 생각했다. 그런데 내가 슬라이드 화면에 띄운 글을 읽자마자 우리 반 남자애들 대부분은 동의하는 눈치였다. 고개를 끄덕거리는 남자애들이 여럿 눈에 띄었다.

여자들이 하는 흔한 오해 3

남자는 무조건
예쁜 여자만 좋아한다?

나는 다음 슬라이드를 읽기 시작했다.

"맞아! 남자는 뭐 예쁘면 다 좋아하는 줄 알아? 말이 통하는 여자 친구가 훨씬 낫다고!"

"나는 게임을 같이 할 수 있는 여자가 진짜 좋은데……."

"아무리 예쁘면 뭐하냐? 성격이 폭탄인데."

이번에도 우리 반 남자애들은 격하게 공감했다. 뒤이어 다음 슬라이드 화면을 띄웠을 때도 남자애들의 반응은 마찬가지였다.

여자들이 하는 흔한 오해 4

남자는 마음에 드는 여성이 있으면
무조건 먼저 다가간다?

"맞아, 남자도 소심하다고!"

"좋아하는 여자애한테는 진짜 말 걸기 힘들다니까."

"문자를 보낼까, 쉬는 시간에 말을 걸까? 어떻게 다가가야 할지 몰라서 엄청 망설이잖아. 안 그러냐?"

"마음속으로는 엄청 좋아해도 용기가 없어서 포기할 때도 얼마나 많은데?"

교실 여기저기서 남자애들이 서로 질세라 자기 의견

을 말하기 시작했다. 남자애들의 반응이 너무 뜨거워서 나는 정말 깜짝 놀랐다.

뭐야? 여자가 남자에 대해 오해하는 게 이렇게 많았단 말이야?

나는 우리 반 남자애들을 처음으로 유심히 둘러봤다. 무신경한 데다 여자 외모만 따지는 줄로만 알았던 남자애들이 실은 좋아하는 여자애한테 어떻게 다가가야 할지 몰라 망설이기까지 하다니!

나는 그저 이태양이 준비해 온 파워포인트 슬라이드 화면을 읽기만 했다. 보충설명 한마디 하지 않았다. 그런데도 남자애들은 내 발표가 끝나자마자 내게 열렬한 박수를 보냈다. 마치 내가 자신들의 억울한 누명을 밝혀 주기라도 한 것처럼 남자애들은 일제히 "윤현정, 윤현정, 윤현정!" 내 이름을 소리쳐 불렀다. 고마워해야 하는 건지, 기뻐해야 하는 건지…….

"이상, 〈남자들에 대한 여자들의 흔한 오해〉에 관한 발표를 마쳤습니다. 다음은 제 짝인 이태양이 〈여자들

에 대한 남자들의 흔한 오해〉에 관해 이어서 발표하겠
습니다."

나는 다음 순서를 소개하고, 얼른 뒤로 물러나 이태
양에게 자리를 내줬다.

"현정이, 최고!"

뒤로 한 발짝 물러나는데 도덕 선생님이 내 귀에 대
고 속삭였다. 혹여 또 미애 무리에게 남자들한테 잘 보
이려고 애쓴다는 오해를 받을까 걱정이 되긴 했지만 기
뻤다. 애써 기쁜 티를 내지 않으려고 했지만 입 꼬리가
슬며시 위로 말려 올라가는 건 나도 어쩔 수 없었다.

*

"이번에는 여자에 대한 남자들의 흔한 오해를 볼 차
례입니다. 궁금하시죠? 궁금하면 다음 화면을 봐 주십
시오."

이태양이 큰 소리로 말했다. 그동안 앞에 나서고 싶

은 걸 어떻게 참았는지, 이태양은 발표 기회가 주어지자 아주 신이 났다.

여자에 대한 남자들의 흔한 오해

여자들은 속옷을 위아래
세트로 맞춰 입는다?

이태양이 슬라이드 화면을 넘기자마자 교실은 웃음바다가 됐다. 여자애들 중에는 "아이, 뭐야!" 이태양에게 눈을 흘기는 애도 있었지만 다들 박수를 쳐대며 즐거워했다.

"맞지? 여자애들 말해 봐. 솔직히 여자들 매일 세트로 속옷을 입고 다니는 건 아니잖아. 우와, 진짜 웃겨! 아닌 척하는 애들 뭐지? 우리 집에 누나가 둘 있어서 내가 이건 진짜 잘 알거든요."

이태양의 말에 교실은 또 한 번 웃음바다가 됐는데, 교실 뒤쪽에 앉아 있던 영웅이가 "저거 진짜야? 위랑 아래랑 맞춰서 안 입는 거야? 진짜 그런 거야?" 소리쳐서 아이들은 더 크게 웃고 말았다.

"흠흠. 저는 이번 도덕 수행 평가를 준비하면서 많은 생각을 했습니다. 남녀가 서로에 대해 오해하는 것들이 뭘까, 여러 가지 생각을 해 봤는데요, 남자랑 여자랑 가장 다른 점은 바로 생리가 아닐까요? 남자는 생리를 안 하고, 여자는 생리를 하잖아요."

뭐야, 뭐야, 뭐야.

이태양의 입에서 '생리'라는 단어가 튀어나오자마자 교실 여기저기에서 여자애들이 소리를 질러 댔다.

"뭐가 부끄럽냐? 우리 남자들도 여자들이 생리를 한다는 건 다 알고 있다고. 흠흠. 아무튼 그래서 지금부터는 생리에 대한 남자들의 흔한 오해에 대해 발표를 하겠습니다."

이태양이 슬라이드 화면의 글을 읽는 내내 나는 내

생리에 대한 남자들의 흔한 오해

1. 체격에 따라 사용하는 사이즈가 다르다?

2. 생리혈은 파란색이다?

3. 내 맘대로 시간이나 양을 조정할 수 있다?

4. 생리대는 몸에 부착한다?

5. 생리는 하루면 끝난다?

6. 남자는 생리대 심부름을 하지 않는다?

눈을 의심했다.

정말? 정말 남자애들은 저렇게 알고 있단 말이야? 어떻게 저런 생각을 할 수 있지? 나뿐만 아니라 우리 반 여자애들 모두 깜짝 놀란 눈치였다.

"파란색 아니었어?"

이태양의 발표가 끝나자마자 교실 뒤쪽에 앉아있던 영웅이 이번에도 깜짝 놀라 소리쳤다. 나를 비롯해 우리 반 여자애들 모두 영웅을 쳐다봤다. 모두 '넌 도대체 무슨 근거로 여자들의 생리혈이 파란색이라고 생각한 거냐?'라는 눈빛으로 물었다.

"광고에서 보면 그게, 파란색이잖아! 아니야?"

영웅이 외쳤다. 영웅의 말에 여자애들 모두 경악했다. 그러니까 영웅은 생리대에 파란 액체를 쏟아 붓는 텔레비전 광고를 보고는 여자의 생리혈이 파란색인 줄로만 알고 있었던 거다.

텔레비전 광고 때문에 생리혈이 파란색인 줄 알았다니!

나는 깜짝 놀라 영웅을 쳐다봤다. 그런데 더욱 놀라운 건 생리혈이 파란색인 줄로만 알았던 남자애가 영웅이 말고도 여러 명이었다는 사실이었다.

나는 이태양이 스크린 가득 띄어놓은 〈생리에 대한 남자들의 흔한 오해〉에 관한 글을 다시 한번 눈으로 읽어 봤다. 여자애들한테는 너무 당연한 것들이었다. 너무 당연해서 어떻게 저걸 모르지? 어이가 없을 정도였다. 그런데 여자에게는 너무 익숙하고 너무 당연한 것이 남자에게는 너무 낯설고 신기한 것일지도 모른다는 생각이 들었다. 알려 주지 않으면 모를 수도 있는 거구나, 싶었다.

"남자는 생리대 심부름을 하지 않는다고 생각하는 사람도 있는데요, 여기 있습니다. 저, 생리대 심부름합니다."

이태양이 다시 발표를 이어나갔다.

"우리 집엔 누나가 둘 있는데, 제가 막내라 힘이 없어서 가끔 생리대 심부름도 하고 있습니다. 실은 누나들이 생리통 때문에 아프다고 하면 제가 생리대 심부름해주고 용돈을 받거든요. 히히히."

이태양이 머리를 긁적거렸다.

생리대 심부름을 하는 이태양이라니!

동네 마트에 생리대 사러 갔다가 이태양이랑 마주치면 과연 어떤 기분일까?

나도 모르게 이상한(?) 상상을 하고 말았다.

"지금까지 남녀의 흔한 오해에 대해 살펴봤습니다. 생리에 대한 남자들의 흔한 오해에 대해서도 살펴봤는데요, 여자들 정말 놀랐지? 어쩜 저런 걸 모를까, 어이 없지? 그러니까 너희가 알려 주라고. 그래서 말인데요, 토론을 한 번 해봤으면 합니다."

"토론?"

이태양의 말에 도덕 선생님이 두 눈을 동그랗게 떴다.

"네. 토론이요. 솔직히 우리 남자들은 장난이 심하잖아요. 여자들이 생리를 하는지, 안 하는지 우린 몰라요. 모르니까 여자들이 마법에 걸리는 날에도 장난을 칠 수 있거든요. 그런데 여자들은 우리 남자들이 있으니까 아파도 양호실에 간다는 말을 잘 못하는 것 같아서요. 생리통으로 힘들 때 자연스럽게 양호실에 갈 수 있는 방법에 대해서 한 번 토론을 해 보면 어떨까요?"

나는 내 귀를 의심했다.

이태양이 왜 지금 저런 말을 하는 거지? 마치 지금 내 상황을 다 알고 있는 것 같잖아?

나를 두고 하는 말 같아서 화끈, 얼굴이 달아올랐다.

"그건 진짜 그래요."

"남자들이 있으니까 생리통 때문에 아파도 말하기가 좀 그래요."

"초등학교 때는 담임 선생님한테 한 번만 말하면 됐는데 중학교에 올라오니까 너무 힘들어요. 매 시간 들어오는 선생님께 계속 허락을 받아야 되잖아요?"

"꾀병이라고 할까 봐 아예 결석을 하고 싶다니까요."

이태양이 '생리통으로 힘들 때 자연스럽게 양호실에 갈 수 있는 방법'에 대해 토론을 해 보자는 말을 꺼내자마자 여자애들은 마음속에 품고 있던 불만을 이야기하기 시작했다.

나만 아프고, 나만 힘들고, 나만 고민했던 게 아니었다. 우리 반 여자애들 대부분 나와 비슷한 생각을 하고 있었다. 다들 중학교에 올라온 뒤로 초등학교 때와는 다른 점이 많아 힘들어 하고 있었다. 다들 새로운 환경에 어떻게든 적응해보려고 애쓰고 있었다.

나는 한 걸음 앞으로 나아가 이태양 옆에 섰다. 우리 반 애들을 마주보며 입을 열었다.

"있지, 이건 내가 써 본 방법인데……앞에 나가 말하기 좀 그럴 땐 한 번 이렇게 해 보면 어떨까요. 교과서 귀퉁이에 양호실에 다녀오겠습니다, 메모를 해서 선생님께 보여주면 다들 이해하시더라고요."

내 말이 끝나자마자 교실 어딘가에서 "와! 그런 방법이 있었네!"라는 말이 들려왔다. 칭찬을 들은 것처럼 기뻤다.

뒤이어 중학교에 올라왔더니 초등학교 때와는 달라진 것들이 너무 많아 힘들다며 남자들도 앞다퉈 속마음을 털어놓기 시작했다.

"너희들은 어떠냐? 난 교복 때문에 너무 힘들어. 어색하고 답답하고. 교복에 뭐 묻을까 봐 밥 먹을 때도 신경 쓰인다니까."

"난 배치고사 때문에 중학교 올라오기 전부터 머리가 터질 것 같았어. 배치고사를 잘 보려고 방학 동안에도 공부해야 되잖아? 그런데 배치고사 하나 잘 보려고 방학에도 공부를 한단 말이야? 배치고사 공부를 해야 되나 말아야 되나, 진짜 심각하게 고민했다니까. 너희는 안 그랬냐?"

"난 이동 수업 할 때마다 정말 미칠 것 같아. 내가 좀 느린 편이거든. 이동 수업 할 때는 혹시 늦을까 봐 화장실에도 못가겠다니까. 화장실 갔다가 늦어서 벌점 받으면 어떡하냐. 정말 너무 적응 안 된다."

"나도 벌점 때문에 걱정돼. 초등학교 때는 벌점 같은 거 없었잖아. 물론 한 달 정도는 적응 기간이라 벌점을 안 준다지만 벌점 받을까 봐 이만저만 걱정되는 게 아니야. 이러면 벌점 받는 거 아닌가, 계속 신경 쓰이고."

"그래도 너희들은 나보다는 훨씬 낫다. 중학교에 올라온 뒤로 난 밥맛도 없다니까. 초등학교 때 나랑 싸운 녀석이 있는데 하필이면 그 녀석 형이 우리 중학교 선배인 거 있지? 초등학교 때는 선배, 후배 이런 거 신경 안 쓰였는데 중학교에 올라오니까 선배한테 찍히면 어떡하나 안 하던 걱정까지 하게 됐다니까. 너희는 그런 거 신경 안 쓰이냐?"

남자애들의 이야기를 듣는 내내 나도 모르게 고개를 끄덕였다. 남자애들이 털어놓은 이야기 모두 내 이야기였다. 남자애들 역시 나와 다르지 않았던 거다. 모두 나처럼 어색하고, 모두 나처럼 불안하고, 모두 나처럼 걱정하고 있었던 거다. 겉으로는 아무렇지 않은 척, 잘 적응하고 있는 것처럼 보였지만 여자애들도, 남자애들도 처음 겪어 보는 낯선 환경에 모두 힘들어하고 있었다.

그러니까 다들 나처럼 불안했던 거니?

그런 생각을 하자 마치 어두운 길바닥에 혼자 쓰러져 있는 내게 누군가 손을 내밀며 '넌 혼자가 아니야.'라고 말해 준 것처럼 든든해졌다.

*

달라진 건 없었다. 도덕 시간이 끝나고 점심시간이 되자마자 나는 어제와 똑같이 급식 당번을 해야만 했다. 달라진 게 있다면 오늘은 봉화가 비엔나소시지와 야채튀김을 더 달라는 말조차 하지 않았다는 것 정도?
그리고 또 영웅이가 비엔나소시지와 야채튀김을 좀 더
달라며 내 앞에서 꿈쩍도 하지 않았지만 오늘은 나도
끝까지 버티고 주지 않았다는 것 정도?

정말 그랬다. 도덕 시간에 남녀 차이에 대한 발표를
하면서 남자애들이 내 이름을 소리쳐 부르고, '생리통으
로 힘들 때 자연스럽게 양호실에 갈 수 있는 방법'에 대
해 토론했을 때 내가 썼던 방법이 여자애들에게 큰 호
응을 얻었다고 해서 달라진 건 없었다. 수업이 끝나자
마자 영웅은 여느 때처럼 교실에서 제일 먼저 급식실로
달려갔고, 남들이 보기에도 같은 무리라는 걸 단박에 알
수 있을 만큼 너무 진하고 너무 두꺼운 아이라인을 똑
같이 그려 넣은 미애 무리는 식판을 들고 운동장으로
나가 버렸다.

나는 어제와 똑같은 자리에 식판을 들고 서서 급식실
을 둘러봤다. 새 학기가 시작된 지 얼마 되지 않았지만
아이들은 어느새 삼삼오오 그룹을 만들었고, 친한 친구

들끼리 앉아 급식을 먹고 있다. 오늘도 역시 이곳에 내 자리는 없다. 급식실을 꽉 메운 아이들, 웃고 떠드는 아이들, 저 많은 아이들 속에 내가 끼어들 자리는 없었다.

그렇지만 마음 한편에서 '정말 그래? 정말 내 자리는 없어?'라는 물음이 자꾸 튀어나왔다.

나는 고개를 돌려 창밖을 바라봤다. 운동장을 가로질러 담벼락과 맞붙어 있는 계단 구석에 미애 무리가 앉아 있었다.

밥 먹을 친구가 없으니까 갑자기 와서 친한 척하는 애들……완전 싫어……어제 나는 어쩌면 그 아이들이 말한 애들 중에 한 사람이 바로 나 일지도 모른다고 생각했다.

돈가스 한 조각 더 주지 않았다는 이유로 다시는 안 볼 것처럼 홱 등을 돌리고 가 버린 봉화. 봉화가 현정이는 남자애들한테만 잘 보이려고 한다는 식의 얘기를 꺼냈을 때 설마하며 의심의 눈초리로 나를 쳐다보던 미애나 명랑이. 미애 무리 중에 한 명이라도 나를 친구, 아니 자기네 무리라고 생각했다면, 나만 빼고 자기네끼리만 운동장에 나가 버리지는 않았을 거라며 눈물까지 흘렸다.

그러나 정말? 정말 그런 걸까? 정말 내 뒤에서 내 흉만 보려고 했다면 미애 무리는 어제 종례가 끝나자마자 왜 내게 다가와 같이 화장품 가게에 가자고 했을까? 어쩌면 남자와 여자의 흔한 오해처럼 내가 오해하고 있는 건 아닐까?

미애 무리는 뭐가 그렇게 즐거운지 멀리서 봐도 알 수 있을 만큼 행복해 보이는 얼굴로 밥을 먹고 있었다. 그 모습을 바라보자, 내 얼굴에도 슬며시 미소가 번졌다. 바라보는 것만으로도 즐거운 아이들…….

나는 정말 외톨이가 되지 않기 위해, 다른 친구를 사귀기엔 너무 늦어 버렸기 때문에, 단지 급식을 혼자 먹기 싫어서 미애 무리에 들어가고 싶은 걸까?

미애는 자기 주관이 강하다. 봉화는 수다스럽다. 명랑이는 다정다감하다. 다들 성격도 다르고 개성도 강하지만 같이 있으면 즐겁다.

이태양의 말이 떠올랐다.

"어쩜 저런 걸 모를까, 어이없지? 그러니까 너희가 알려 주라고."

미애나 봉화나 명랑이는 내 마음을 알까? 나는 미애나 봉화나 명랑이가 무슨 생각을 하는지 알고 있을까? 알려고 한 적이나 있었나? 도덕 시간에 '여자에 관한 흔한 오해'에 대해 이야기했을 때, 여자애들한테는 너무 당연한 것인데 남자애들은 잘 모르고 있었다. 너무 당연해서 어떻게 저걸 모르지? 어이가 없을 정도였다.

맞아. 여자애들한테는 너무 익숙하고 당연한 것이 남자애들한테는 낯설고 신기한 것일지도 모른다고 생각했잖아? 알려 주지 않으면 모를 수도 있는 거구나, 깜짝 놀랐었잖아?

나는 식판을 움켜쥐었다. 미애 무리가 앉아 있는 계단을 건너다 보다 홱 등을 돌렸다. 배식통을 봤더니, 이태양이 급식하고 남은 비엔나소시지와 야채튀김을 전부 자기 식판에 쏟아 담고 있었다. 나는 얼른 그 옆에 내 식판을 내려놨다. 이태양 식판에 있던 소시지와 야채튀김까지 내 식판에 옮겨 담았다.

"야, 윤현정, 너 뭐야!!!"

이태양이 등 뒤에다 대고 고함을 쳤지만 뒤도 돌아보지 않았다.

나는 식판을 들고 복도를 내달렸다. 건물을 빠져나오자마자 내 앞에 운동장이 나타났다. 운동장 건너편에 미애 무리가 보였다. 아이들과 나 사이에 마치 메울 수 없는 틈처럼 커다란 운동장이 놓여 있었다.

그래, 모르면 내가 알려 주면 되지.

나는 식판을 꽉 잡고 운동장을 가로질러 갔다. 미애 무리가 앉아 있는 계단을 향해 달려갔다. 저만치 떨어진 곳에서 미애 무리는 멀뚱히 나를 바라보고 있었다. 내가 다가가기도 전에 벌써 애들은 내가 오는 걸 알고 있었다. 그렇지만 아무도 내게 말을 걸지 않았다. 수다스러운 봉화조차도.

"남은 거 다 긁어 왔어."

나는 식판에 담아 온 비엔나소시지와 야채튀김을 아이들 식판에 골고루 나눠 줬다.

아무도 말하지 않았다. 아무도 내가 가져온 음식에 손을 대려 하지 않았다. 아이들의 침묵이 너무 견고해서 나도 모르게 뒤로 한 발짝 뒷걸음질 쳤다.

'정말? 정말 너 이대로 돌아갈 거야?'

나는 다시 식판을 꽉 움켜잡았다. 봉화 옆으로 가 아이들이 주욱 늘어서 앉아 있는 계단 위에 나도 엉덩이를 내려놨다. 식판을 계단 한쪽에 내려놓고 봉화 옆에 놓여 있는 거울과 컴퓨터 사인펜을 집어 들었다. 거울을 들여다보며 한쪽 눈을 지그시 내려 감고 컴퓨터 사인펜으로 아이라인을 그려 넣었다.

"푸하하!"

명랑이가 웃음을 터트렸다.

"야! 너무 두껍잖아!"

미애도 참았던 웃음을 터트렸다. 그 바람에 미애 입에서 밥알이 분수처럼 쏟아져 나왔다.

"아, 더러워!"

봉화가 미애 입에서 튀어나오는 밥풀을 피해 얼른 일어나 내 앞으로 다가왔다.

"야! 윤현정, 너, 아이라인도 처음 그려 보냐?"

봉화가 컴퓨터 사인펜을 뺏어 들고는 나를 자기 앞으로 돌려세웠다. 메이크업 아티스트라도 된 것처럼 진지한 얼굴로 내가 그린 아이라인을 다시 수정하기 시작했다.

"다른 여자애들은 아이라인 그릴 때 다들 '컴사아라'로 눈 주위는 까맣고 두껍게 그리고, 아이라인 꼬리는 길게 빼잖아. 그런데 우리까지 다른 애들이랑 똑같으면 안 되지. 왜냐고? 우린 특별하니까! 그래서 우린 진짜 컴퓨터 사인펜으로 아이라인을 그리는 거잖아? 그런데 컴사아라보다 안 예쁘면 안 되지."

봉화는 반드시 예뻐야만 된다고 강조하며 컴퓨터 사인펜 쥔 손에 힘을 주었다.

"자, 한 번 봐봐."

나는 거울을 들여다봤다. 내 옆으로 미애와 명랑이와 봉화가 나란히 섰다. 거울 속에 너무 두껍고 너무 진한 아이라인을 그려 넣은 네 명의 여자 아이가 웃고 있었다. 나는 거울 속의 아이들을 향해 말했다.

"나, 지금 생리 중이야. 5일째."

"뭐?"

미애가 놀라 소리쳤다.

"그럼 너 나랑 생리하는 날이 겹치네? 대박!"

"실은 나도 어제 시작했어."

뒤이어 명랑이가 수줍게 얘기했다.

"뭐?"

"난 오늘 시작했는데?"

봉화도 놀라 소리쳤다.

"뭐야!!! 집단생리 아냐?"

우리는 누가 먼저랄 것도 없이 놀라 소리쳤다.

"너, 생리통 심하지?"

미애가 물었다.

"차라리 결석을 해 버릴까, 생각할 정도야……."

미애, 봉화, 명랑이는 내가 먼저 생리 중이라는 말을 꺼내자마자 다 알아 버렸다. 내가 요즘 왜 그렇게 양호실에 자주 갔는지, 내가 왜 쉬는 시간에도 자기들과 이야기를 하지 않았는지, 내가 왜 화장품 가게에도 같이 가지 못했는지.

"야, 그래도 무지 섭섭했어. 어떻게 영웅이한테는 주고, 나한테는 안 주냐?"

봉화가 눈을 흘겼다.

"미안. 봉화 너도 영웅이 알잖아? 식탐 많은 거. 허리는 아파 죽겠는데, 안 주면 안 갈 것 같았거든. 나도 빨리 끝내고 아무 데라도 가서 앉고 싶었어. 진짜 이태양은 왜 내가 시키지도 않았는데 제멋대로 급식 당번을 신청한 거야!"

"진짜? 현정이 네가 급식 당번 시켜 달라고 이태양한테 부탁한 거 아니었어?"

미애가 눈을 동그랗게 떴다.

"뭐? 내가 왜?"

"그럼 뭐지? 너 사회 시간에 양호실 가고 없었잖아. 나 실은 그날 사회교과서 안 가지고 와서 네 사회교과서를 가져왔거든. 이태양한테 쪽지 보내서 네 사회교과서 넘기라고 했었지."

미애가 비밀을 털어놓듯 나는 전혀 모르고 있던 얘기를 하기 시작했다.

"내가 네 사회교과서를 봤잖니. 사회교과서 귀퉁이에 '죄송해요. 생리통이 너무 심해서 양호실에 좀 다녀오겠습니다'라고 쓰여 있더라고."

"그래서?"

나는 대체 이게 다 무슨 이야기인가 싶었다.

"그런데 다음 페이지에 '생리통 참으면 죽어. 걍 하루 종일 양호실에 있어라. 내가 다 알아서 할게. 짝 좋다는 게 뭐냐'라고 쓰여 있더라고. 현정이 네 짝이 누구냐? 태양이 아냐?"

미애 말에 나는 화끈, 뺨이 달아올랐다.

그랬어, 내 짐작이 맞았어. 이태양은 알고 있었던 거야. 그럼 혹시 '생리에 관한 남자들의 흔한 오해'도 나 때문에? 혹시 나를 편하게 해 주려고? 이태양이 왜? 혹시 이태양이 진짜 나를 좋아하는 거 아니야?

내 안에서 수많은 물음표가 뭉게구름처럼 피어오르기 시작하는데 미애가 나를 현실로 확 되돌려 났다.

"솔직히 여자애들 대부분은 남자애한테 그런 말 못하잖아. 나 지금 생리 중이라는 말을 어떻게 하니? 생리한다는 말을 남자애들한테 하는 거 좀 그렇지 않냐? 난 네가 그런 거 하는 앤 줄로 오해했지."

"그런 거? 그런 거 뭐?"

나는 미애가 무슨 말을 하는지 도저히 짐작도 할 수 없었다. 뭘 하기 위해 이태양에게 생리한다는 말을 한단 말이야?

"음……동정심 유발?"

"말도 안 돼!"

너무 억울해서 나도 모르게 큰소리를 내고 말았다.

"넌 요새 우리랑은 말 한마디 안하면서 이태양이랑
은 계속 붙어 있었잖아."

"우리가 볼 때마다 넌 이태양이랑 장난치고 있었어."

"우린 너 양호실에 갔을 때 너랑 같이 가려고 기다렸
는데 넌 혼자 먹으려고 크림빵도 네 것만 사왔잖아!"

그동안 어떻게 참아 왔을까, 싶을 만큼 아이들은 저
마다 한 마디씩 해댔다.

"게다가 영웅이한테만 돈가스 더 주고!"

봉화는 아직도 나한테 마음의 앙금이 남았는지 입을
삐죽거렸다.

"알았어, 알았어. 내 거까지 오늘은 네가 다 먹어. 응?
대신 이거 먹으면 화 풀어야 된다?"

"뭐 그렇다면야."

봉화가 내 식판 위에 있던 비엔나소시지와 야채튀김
을 포크로 콕 집어 제 입에 넣었다.

"실은 어제도 일부러 너한테 같이 가자고 한 거였거
든. 아무래도 너랑 이야기를 하긴 해봐야 될 것 같아서.

그런데 넌 별로 가기 싫어하는 것 같더라고."

명랑이가 말했다.

"미안. 생리통이 너무 심했어. 게다가 어제 급식실에서 그런 일도 있었고. 너희들이 나랑 같이 있는 거 싫어할 것 같아서……."

나는 머리를 긁적거렸다.

"계집애야, 그러니까 대화 좀 하려고 했던 거라고. 앞으론 말을 해, 말을!"

미애가 내 머리에 콩콩, 알밤을 먹였다. 나는 그러겠다고, 앞으론 정말 마음 힘든 일이 있으면 꼭 먼저 말하겠다고, 몇 번이나 고개를 끄덕거렸다.

"야! 윤현정!"

운동장 너머에서 이태양이 내 이름을 부르며 달려왔다. 내가 가져온 음식들 때문에 복수하러 오는 건가?

"야, 이태양 오기 전에 빨리 먹어. 내가 이태양 거까지 뺏어 왔거든! 빨리!"

내 말에 아이들은 빛의 속도로 남은 소시지와 튀김을

입속으로 밀어 넣었다.

"야, 윤현정! 너 생리대 하나 남는 거 없냐?"

이태양이 내 앞에 손바닥을 내밀었다. 뭐야? 복수하러
온 게 아니었어? 그런데 웬 생리대? 하필이면 나한테?

"이태양 너 웃긴다. 너가 현정이한테 생리대 맡겨 놨어?"

봉화가 발끈해서 이태양한테 따져 물었다.

"현정인 내 짝이잖아."

이태양이 능글맞게 웃으며 나를 쳐다봤다.

"야! 짝이랑 생리대랑 무슨 상관이야!"

내가 소리치자 이태양은 또 어이없는 말을 해댔다.

"그럼 누구 생리대 남는 애 없냐? 한 개씩만 좀 줘. 누
나가 어제 생리대 사 오라고 돈 줬는데 피시방 가서 다
써 버렸거든."

"아유, 진짜!"

미애가 이태양의 등짝을 때렸다. 봉화랑 명랑이도 이
태양의 어이없음에 혀를 내둘렀다.

그때였다.

"야, 너희들 거기 뭐야? 누가 운동장에서 급식을 먹으라고 했어? 너희 몇 반이야?"

잠깐 외출했다 돌아오는 길이었는지, 체육 선생님이 교문 안으로 들어오다 우리를 발견하고는 고함을 쳤다. 잡히면 죽음이었다.

"뛰어! 얼른!"

누가 먼저랄 것도 없이 우리는 달리기 시작했다.

"서! 거기 안 서!"

뒤에서 체육 선생님이 소리쳤지만 우리는 멈추지 않았다. 멈추면 무슨 큰일이라도 날 것처럼 앞을 향해 내달렸다.

나는 내 앞에 뭐가 있는지, 과연 혼나지 않고 무사히 교실로 돌아갈 수 있을지, 앞으로 일어날 일에 대해서는 전혀 알 수 없었다. 그러나 분명한 건 내 옆에 나와 함께 달리는 친구들이 있었다.

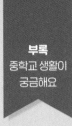
Q 중학생이 되면 어떤 점이 달라지나요?

중학교에 올라가면 많은 것들이 달라집니다. 초등학교 때는 담임 선생님이 있었죠? 몇몇 과목을 빼놓고는 담임 선생님이 모든 과목을 가르쳐 주셨잖아요. 쉬는 시간에도 담임 선생님과 함께 있었구요. 그런데 중학교에 가면 담임 선생님이 있고 과목별로 선생님도 따로 있어 각 과목 선생님께 수업을 듣게 된답니다.

이렇게 과목별 선생님이 각각의 수업을 진행하시게 되면 어떻게 될까요? 맞아요. 우리 친구들이 상상한 것처럼 초등학교 때와는 비교할 수 없을 정도로 학습량이 많아진답니다. 국어 선생님은 국어 숙제를, 수학 선생님은 수학 숙제를, 과목 선생님이 각각 숙제를 내주

시기 때문에 우리 친구들 스스로가 자기 관리를 잘해야 한답니다.

또 어떤 변화가 있을까요?

우리 친구들 혹시 중학교 교과서를 받은 날 깜짝 놀라지 않았나요? 내 교과서와 친구들의 교과서가 달라서 당황한 친구들도 있었을 거예요. 초등학교 때는 모두 똑같은 책으로 공부했지만 중학교에서는 학교별로 교과서가 달라집니다. 특히 국어, 영어 교과서는 출판사별로 사용하는 교재가 다르기도 하죠.

교복 역시 마찬가지랍니다. 중학교마다 다른 교복을 입어요. 교복을 착용하고 복장과 두발에 대한 규정이 있어서 학교 규정을 어기면 벌점을 받기도 해요.

어디 이것뿐 인가요? 중학교에 올라오면 시험이 아주 중요해진답니다. 중간고사와 기말고사가 내신성적에 반영되기 때문에 아주 중요해져요. 중간고사와 기말고사는 필기시험과 수행평가로 나뉜답니다. 중간고사, 기말고사 모두 짧게는 3일 길게는 4일 정도에 걸쳐서

전 과목 시험을 치르게 되죠.

중간고사? 기말고사? 시험이라는 단어를 듣자마자 지끈지끈 머리가 아프다고요?

후훗. 너무 걱정하지 마세요. 차근차근 미리미리 준비한다면 우리 친구들 모두 잘 해낼 수 있을 거예요.

Q 수행평가는 어떻게 준비하나요?

학기 초에 담임 선생님이 수행평가 시 평가 방법이나 기준을 알려 주는 안내문을 나눠 준답니다. 각 과목별로 조금씩 다르죠. 실험평가를 하는 수행평가도 있고, 수업참여형 수행평가도 있어요. 수업참여형 수행평가는 평소 얼마나 수업에 적극적으로 참여하는지, 얼마나 성실한지 등등 평소 수업 태도가 굉장히 중요하답니다. 또 조별과제로 해야 하는 수행평가도 있어요. 조별과제를 할 때 어떤 친구는 열심히 하는데 어떤 친구는 기본적인 준비조차 안 해오는 경우도 있어요. 이러면 같은 조원 친구들이 정말 화가 나겠죠? 한 사람의 잘못으로 전체 조원들이 낮은 점수를 받을 수도 있으니까요. 조별과제에서는 각자 자기 몫을 제대로 하는 것이 가장 중요해요.

수행평가에서는 '무엇을 아는가' 보다 '무엇을 어떻게 해결하는가'의 과정을 중요하게 평가한답니다. 필기고사에서는 학생들이 습득한 지식을 중요하게 평가한다면, 수행평가에서는 학생이 학습과제를 수행하는 과정이나 그 결과를 보고 학생들의 능력을 종합적으로 평가해요.

그러니까 우리 친구들 스스로 답을 찾아낼 수 있도록 적극적으로 활동에 참여해야겠죠?

독자 평가단 한마디

현정이가 중학생이 되어 새로운 환경에 적응하면서 겪는 다양한 고민을 잘 드러내 주는 소설인 것 같다. 우리 청소년들의 고민과 걱정이 혼자만의 것이 아니라 누구나 겪는 성장 과정의 하나임을 알 수 있었다. 현정이와 친구들이 중학 생활을 슬기롭게 풀어 가는 모습에서 책을 읽는 친구들에게도 용기를 주는 것 같다. _ **김지연**

주인공 현정의 짝 태양은 얼핏 보면 생각 없는 아이처럼 보이지만 엄청 따뜻하고 자상한 아이다. 태양의 행동을 보고 내가 다 설렌다. 주변에 아는 여중생들이 떠오르면서 꼭 선물해 주고 싶다는 생각이 들었다. 나는 이렇게 재미있는 책을 발견하면 어찌나 기분이 좋은지 모른다. _ **차영선**

아이를 중학교에 보내 놓고 엄마의 조바심 때문에 너무 많은 기대를 했던 건 아닌지 뉘우치게 되었다. 중학생 때 정말 중요한 건 성적이 아니라 행복하게 사는 법을 배우는 것이 아닐까 싶다. 내가 어렸을 때도 이렇게 좋은 책이 있었더라면 어땠을까? 엄마와 딸이 꼭 함께 읽어야 하는 성장 소설이자 딸아이의 마음을 알아가는 지침서이다. _ **전현정**

어른인 내가 읽어도 너무 재미있어 마지막 페이지를 덮는 순간 '요즘 친구들은 이렇게 저마다의 생각을 가지고 살아가고 있구나'라고 생각하게 되었다. 학교 생활에 적응하기 힘들어하거나 교우 관계에 고민이 있는 친구들이 있다면 이 책을 읽으면서 현정이와 태양이, 그리고 주변 친구들은 비슷한 고민을 어떻게 해결해 나갔는지 한번 참고해 보는 게 어떨까? _ **안지현**

중학교는 초등학교 때와 많이 다르다. 친하게 지내던 친구들은 여러 학교로 다 흩어지고, 등교하는 길도 멀고 낯설다. 중학생이 된다는 설렘보다는 걱정과 긴장하는 마음이 더 큰 게 사실이다. 이 책은 그런 예비 중학생과 현재 중학생들에게 도움이 될 현실적인 이야기를 해준다. 주변 사람들의 조언만으로는 다 알 수 없는 것을 책을 통해 스스로 깨닫게 된다. 이 책을 읽는다면 아마 아이들이 중학교 생활에 대한 불안감을 떨치고, 행복한 중학 생활을 할 수 있게 될 듯하다. _ **현주**

초등학교 6학년부터 중학교 1학년 학생이 읽으면 딱 좋을 청소년 소설이다. 만약 내가 이 책을 권했다면 "선생님~ 완전 공감이에요!" 하면서 좋아할 녀석들의 얼굴이 하나씩 떠올랐다. 나도 현정이와 같은 고통을

겪는 여자로서 이런 날은 정말 결석하고 싶다. _**김지혜**

나 역시 초등 5학년인 딸아이를 가진 엄마로서 벌써부터 중학교 생활에 대한 걱정이 한가득이었는데, 책을 읽고 나니 아이들의 학교 생활을 미리 체험해 본 것처럼 속이 뻥 뚫린다. 특히 생리를 시작한 현정이를 중심으로 이야기가 펼쳐져 예비 여중생들은 물론 한때 여중생이었던 아이들에게도 많은 공감을 받을 것 같다. 다음 시리즈가 너무나 기다려진다. _**현승미**

초등학교와 중학교는 차이가 엄청 나다. 친구부터 환경까지 모든 게 달라진다. 낯선 이들과의 만남에 설렘도 있겠지만 두렵고 무서운 건 당연하다. 이 책은 나만 그렇게 겁낸 게 아니라는 걸 알려 준다. 여자들이 하는 흔한 오해와 남자들이 하는 흔한 오해에 대해 알 수 있는 건 덤이었다. 청소년들에겐 공감과 위로를, 어른들에게는 아이들을 이해할 수 있게 하는 책이다. _**정양화**

주인공 현정이의 생리 기간에 일어나는 일을 중심으로 한 성장 소설이다. 여자들에게 한 달에 한 번 있는 평범한 이야기일 수 있지만 그 공간이 중학교 1학년 교실이라면 이야기가 달라진다. 몸의 통증과 미묘한 감정으로 사춘기 소녀는 고달픈 한 주를 보내지만 같은 반 친구 이태양과 의도치 않게 가까워지며 새로운 우정을 예감한다. 읽는 내내 정말 재미있었다. 청소년의 감정선이 자연스럽고, 청소년을 응원하는 작가의 진심이 느껴졌다. 작품에 등장하는 명랑이는 그 명랑한 성격이 그대로 보

여서 즐거움을 주었다. _ **최혜련**

《사춘기라서 그래?》라는 책의 작가로 이름을 기억하고 있던 이명랑 작가의 신작을 읽게 되었다. 책 표지와 소개 글을 보고 초 5학년인 큰아이에게 보여 주니 관심을 보였다. 어제 책이 오자마자 아이가 먼저 읽고 오늘 아침에는 내가 읽었다. 남녀공학에 다니는 남자 아이들이 꼭 읽으면 좋겠다는 생각이 들었다. _ **김민영**